DECIR ADIÓS
NO ES OLVIDARTE

Decir adiós no es olvidarte

Yago Gómez Duro

Papel certificado por el Forest Stewardship Council®

Primera edición: octubre de 2022

© 2022, Santiago Gómez Duro
Autor representado por Editabundo Agencia Literaria, S. L.
© 2022, Penguin Random House Grupo Editorial, S. A. U.
Travessera de Gràcia, 47-49. 08021 Barcelona

Printed in Spain – Impreso en España

ISBN: 978-84-666-7326-6
Depósito legal: B-13.828-2022

Compuesto en Llibresimes, S. L.

Impreso en Liberdúplex
Sant Llorenç d'Hortons (Barcelona)

BS 7 3 2 6 6

A mi madre y a mi padre,
por haber creído siempre en mí

Esa es la idea que nos acaba jodiendo. La idea de un alma gemela, de alguien que aparecerá para completarnos y salvarnos de tener que cuidar de nosotros mismos.

Antes del anochecer

1

De: Alejandro Amez
Para: David Lavalle
Fecha: 6 de noviembre de 2028
Asunto: Skinny Love, Birdy

David, no sé ni por dónde empezar.

Sé que ha pasado mucho tiempo y espero que algún día
puedas perdonarme. Soy consciente de que haberme
ido sin avisar y dejándote tan solo una nota en la
encimera es de cobardes, pero no sabía cómo despedirme
de ti. Y aunque pensé en irme únicamente unos meses,
al final estos dieron paso a los años, y los años al miedo
y el olvido...

Supongo que tendrás muchas preguntas, pero te escribo
por un motivo muy concreto. Como sabrás, dentro de unos

meses es su decimoctavo cumpleaños, y me gustaría que fuéramos juntos a la finca a desenterrar la caja.

Ale

Alejandro dejó el portátil a un lado de la cama y, llorando, se dio la vuelta sobre sí mismo. Le había llevado más de una hora escribir ese correo y ya había perdido la cuenta de todas las veces que lo borró y volvió a empezar. El dolor y la culpa lo consumían por dentro. Sentía que todo el cuerpo le quemaba. La rabia le palpitaba con fuerza en cada poro de su piel y a la cabeza solo le venía la imagen de esos ojos azules como el cielo despejado en un día de primavera. No soportaba las punzadas de dolor que lo destruían. La culpa era tan fuerte que lo único que quería era desaparecer, dormirse profundamente y no volver a despertarse. Hacer desaparecer todo el sufrimiento que su corazón bombeaba y distribuía por el resto del cuerpo. Podía notarlo recorriéndolo a través de las venas. Nunca imaginó que el dolor pudiera ser tan físico. Tan latente. Vivir así, con una pena tan inmensa en su interior, era insoportable. Se sentía como un fantasma errante sin un camino que seguir. Sin ningún lugar al que ir. Perdido y desorientado. Un eco sin voz de origen. Un extranjero en su propia vida. Un muerto obligado a vivir.

Habían pasado diez años desde que se había ido de Madrid abandonando a David en el peor momento de la vida de ambos. Desde que escribió aquella nota en la que le explicaba a su marido que se mudaba a Barcelona y que no intentara ponerse en contacto con él ni por teléfono ni mediante mensajes. Desde que había tomado la decisión más difícil de su vida y por la que había perdido al hombre al que amaba.

Diez años encerrado en un piso desconocido y ajeno. Un piso donde no había sido capaz de encontrar rastro alguno de lo que podría llamarse hogar. Paredes blancas sin fotos que las vistieran. Ningún cactus de esos que tanto le gustaban a David. Ninguna estantería llena de libros. Ningún cojín sobre el sofá. Un piso con un solo dormitorio y una cama demasiado grande para alguien acostumbrado a dormir con un marido que le robaba las sábanas cada noche y le obligaba a levantarse en busca de una manta.

¿Por qué había tomado la decisión de irse sin decirle nada? ¿Qué habrían pensado David, sus familiares y amigos? Le odiarían, estaba seguro. Todos le odiarían.

Justo después de su marcha, recibió infinidad de llamadas y mensajes de sus padres, su suegra, sus amigos y del propio David. Las ignoró todas. Absolutamente todas. Y tampoco leyó ningún mensaje, pero sí alcanzó a ver algunas palabras sueltas. Al principio todos decían más o menos lo mismo. Preguntaban dónde estaba y le pedían que, por favor, cogiera el teléfono, que David estaba desesperado. Pero a medida que los días fueron pasando, el tono fue cambiando y se volvieron cada vez más agresivos. Con el paso de los meses, cualquier vía de contacto cesó. Tan solo dio explicaciones y una serie de indicaciones a sus padres para que David no intentara ponerse en contacto con él, porque, en ese momento, no era capaz de oír su voz ni de enfrentarse a él. Y se odió tanto a sí mismo que no podía mirarse al espejo; ni siquiera era capaz de hacerlo en ese momento. Se daba asco.

Nunca se había sentido tan despreciable ni miserable como el día que llegó a Barcelona; pero, en el fondo, sabía que estaba haciendo lo correcto y confiaba en que, tarde o temprano, David lo entendería. Durante el vuelo y el trayecto en taxi no dejó de escuchar «Skinny Love». Canción que, durante años, se había convertido en una especie de himno en su relación y que le recordaba la obsesión de David por escuchar la misma música una y otra vez hasta la saciedad. Confiaba en que haberla puesto en el asunto del correo podría ablandar su respuesta, pero ¿y si no la había? ¿Cómo se enfrentaría David al correo que acababa de mandarle? No podía dejar de pensar en él y en todo el daño que le había hecho. Esa era la peor parte, porque sabía que aquello era casi un atentado contra su vida.

Muchas noches se despertaba sobresaltado ante la terrible idea de que David no pudiera soportar la soledad y cometiera una locura. Otras veces era él mismo quien no podía con la situación y el que pensaba en cometerla.

Una locura... Antes eran otras las que se le venían a la cabeza. Antes eran él y David quienes las hacían juntos. Cuando solo eran dos universitarios sin más problemas que aprobar un par de exámenes y no faltar demasiado a clase. Se preguntaba dónde estaba ese Alejandro y cómo había llegado a donde se encontraba.

Muchos de sus amigos ya estaban separados y otros tantos ni siquiera habían llegado a casarse, pero él y David siempre se consideraron unos afortunados, incluso unos supervivientes. Habían tenido épocas mejores y peores, pero siempre habían sabido capear el temporal. Siempre bromeaban con que su amor era un paraguas. Uno grande y fuerte que soportaba todas las tormentas. Pero los paraguas se rompen, se gastan con el tiempo y, en los últimos años, las tormentas eran cada vez más frecuentes. A veces simples chubascos de unas horas, pequeños aguaceros que caían con fuerza y lo ponían todo del revés, pero de los que siempre conseguían salir más o menos ilesos. Otras, en cambio, la tormenta se convertía en un huracán de fuerza cinco y el paraguas no lograba aguantar, salía volando y, con él, todo lo demás. De esos vendavales no salían tan indemnes y sus efectos iban desgastándolo todo a su paso. Las goteras eran cada vez más grandes y muchas grietas se arreglaban con un simple parche que se desprendía con el más mínimo soplo de aire, y lo que antes era un resguardo resiliente se había convertido en algo lábil, casi de atrezo.

Los días previos a su marcha fueron una especie de ensoñación. Los vivió como un espectador de su propia vida. Podía verse desde arriba, como en una de esas escenas del cine en la que el protagonista fallece y su alma abandona el cuerpo mientras se ve a sí mismo en el suelo. La mayor parte del tiempo se sentía así, dando pasos sin saber muy bien hacia dónde, tomando decisiones y preparándolo todo para su marcha a la vez que pensaba en sí mismo como en un delincuente. Borraba el historial de búsqueda constantemente, al igual que el de llamadas y mensajes. Cuando llegaba a casa, ponía el móvil en silencio por si en algún momento llamaba el que sería su futuro casero. Preparaba la huida como si fuera un criminal buscado en cinco países diferentes.

Dos días antes de su marcha estuvo a punto de echarse atrás, cancelar su billete de avión, anular el alquiler y romper el contrato con el nuevo bufete de abogados. Fue después de ver a David salir del estudio con los ojos enrojecidos y el ánimo por los suelos. Desde el día que todo cambió, su vida se había convertido en un espejismo de sombras en el que ambos deambulaban como apariciones por su propia casa. Se encontraban en mitad del pasillo y ni se miraban. Desde ese día, el día que todo cambió, David se encerraba durante horas en su estudio. Alejandro nunca le molestaba, pero sabía lo que hacía ahí dentro: llorar. Llorar de la misma manera que él lloraba en la habitación que ambos llevaban compartiendo muchos años y que se había convertido en la habitación de Alejandro, ya que David dormía en el estudio. Esa tarde, a diferencia del resto de los días, David miró directamente a los ojos a Alejandro y, con un gesto, con un simple movimiento de cabeza y de hombros, se lo dijo todo. Le dijo que ya no podía más, que ya no le quedaban lamentos en los ojos ni tampoco fuerzas. Le dijo que no podía soportar más el daño que le oprimía el pecho. Le dijo sin voz, pero más alto que nunca, que se rendía. Y mientras le decía todo eso, con la mirada fue acercándose a Alejandro para dejarse caer en sus brazos. En ese momento se hundió con él y los dos lloraron durante horas.

Esa noche, Alejandro apenas pudo pegar ojo. Los remordimientos lo devoraban por dentro y el sentimiento de culpa se hacía cada vez más grande. Sabía que estaba dejando a David y que, quizá, no sabría mantenerse a flote, pero seguía convencido de que era la única manera de salvar lo poco que quedaba de su matrimonio. Para ser felices, para volver a encontrar ese sentimiento, a veces hay que hacer un viaje dantesco; encontrarse con el dolor cara a cara y enfrentarse a él.

Cogió el portátil y actualizó la bandeja de entrada del correo. Nada, tan solo publicidad. Se levantó y se dirigió a la diminuta cocina en la que no cabían más que dos personas y un frutero. Se llenó un vaso de agua que ni siquiera probó y se dejó caer en el sofá que ocupaba el centro de lo que su propietario llamaba «espacioso salón con grandes ventanales». En realidad, le daba igual el tamaño del piso y si era luminoso o no. El día que entró en el buscador de Google y tecleó «piso barato y amueblado en el centro de Barcelona», se quedó con el primero que cumplía los tres requisitos. Podía permitirse el precio, estaba situado en una de las calles transversales a las Ramblas y estaba mínimamente amueblado. Un sofá, una mesa con dos sillas y una repisa con una televisión era lo único que había en el «espacioso salón» y, en el dormitorio, tan solo una cama con una mesita de noche a cada lado y un armario empotrado.

Cuando entró en el piso, lo primero que le vino a la mente fueron las fotos que había visto en el anuncio y en lo mucho que se alejaban de la realidad, pero le dio igual. Dejó caer el equipaje en el suelo y se fue directo a la cama. Los días siguientes los pasó en una especie de duermevela, pensando en David, París, sus años en la universidad y en Elio.

Soñó con la primera vez que vio a David. Fue en una fiesta de universitarios llena de borrachos y con música a todo volumen. Lo había visto entrar en el ático acompañado de una amiga y, desde ese instante, ya no pudo apartar la vista de él en toda la noche. Tenía una de esas sonrisas que desarman, que dejan al que las ve sin palabras. Una sonrisa que le hizo entender una frase que había escuchado hacía mucho tiempo en alguna canción.

Seguía durmiendo en esa cama vacía y desangelada. Seguía deambulando por un piso hostil y deslucido, como una cruel metáfora de su propio estado físico y mental. Las paredes se habían desconchado capa a capa, al igual que su corazón roto y vacío. Las puertas chirriaban, los grifos goteaban y la cisterna del baño hacía años que perdía agua. Ni siquiera se había molestado en decirle nada a su casero. Él tampoco preguntaba por el estado de la vivienda. Se contentaba con tener un inquilino que pagaba a primeros de mes y que nunca le daba problemas.

2

De: David Lavalle

Para: Alejandro Amez

Fecha: 10 de noviembre de 2028

Asunto: RE: Skinny Love, Birdy

Eres un hijo de puta, y no es la primera vez que me lo demuestras.

«Magia es verte sonreír». David no dejaba de pensar en esa frase, la primera que Alejandro le dijo cuando se conocieron en un ático de Santiago de Compostela.

«Magia es verte sonreír».

¿Cómo era posible que ese hombre, que lo había desarmado con esa frase, lo hubiera abandonado y tuviera el valor de enviarle ese correo? Las primeras semanas fueron un auténtico tormento. Le llamaba más de cien veces al día y le enviaba mensajes que nunca tenían respuesta. Eran monólogos en los que recurría a todo tipo de tácticas literarias y frases inflamadas de rencor e ira, textos en los que se desmoronaba pidiendo perdón sin saber por lo que tenía que ser perdonado. ¿Cómo podía estar haciéndole algo así? David dio un fuerte puñetazo contra la mesa en un intento de liberar la rabia que sentía. Estaba seguro de que, si Alejandro hubiera estado delante él, el blanco hubiese sido distinto. Nunca le había odiado tanto como en ese momento, lo que le parecía imposible.

«Magia es verte sonreír».

Volvió a coger el portátil que había dejado sobre la mesa de la cocina y releyó el correo que le había mandado Alejandro hacía dos días. Un correo sin sentido en el que le pedía que abrieran la caja. Un correo enviado diez años después de haber dejado una simple nota en la que decía que se iba de casa. A eso se había reducido su relación con él, a un trozo de papel escrito con mala letra y a correr. Un simple trozo de papel que echaba por tierra toda una vida en común.

Cuando lo vio, pensó que sería una nota sin importancia; un «no me esperes para cenar» o un tique de una compra ya colocada de forma meticulosa en los armarios de la cocina y en la nevera. También pensó que podría ser una pequeña nota de amor, de esas que a veces se dejaban por la casa con alguna invitación a una ducha compartida; en la que se pedían una cita para ver una película esa noche o una cena en la terraza. Es verdad que era la menos probable; hacía meses que no se dejaban notas así, años incluso. Sobre todo, después de lo que ocurrió. Por aquel entonces, su matrimonio no estaba en el mejor momento y las discusiones eran cada vez más frecuentes. La paciencia se había agotado para ambos, pero aún estaban a flote, seguían remando en la misma dirección y, aunque a veces zozobraban y lo hacían en sentidos opuestos, casi siempre conseguían volver a buen puerto. Hasta ese maldito día.

Ese día todo se volvió negro, y los meses siguientes son una nebulosa. Días que se convirtieron en semanas, y las semanas en meses. Días que lo único que hacían era separarlos más al uno del otro, hasta el punto de ser dos desconocidos que compartían un techo que se agrietaba sobre ellos anunciando un derrumbe inaplazable. Un desplome convertido en una nota sobre la encimera de la cocina que Alejandro eligió en un catálogo de Ikea después de varias discusiones por el color y la distribución.

«Magia es verte sonreír».

Cuando la leyó, David se preguntó qué significaba. ¿Separación? ¿Divorcio? ¿Un tiempo muerto? Y se pasó los días siguientes como uno de esos animales enjaulados con pocos metros por los que transitar. Se vio atrapado entre las paredes llenas de fotos de viajes, imitaciones de cuadros y postales de las diferentes ciudades que habían visitado.

Y sintió que las ventanas desaparecían de las paredes negando cualquier filtración de luz.

«Magia es verte sonreír».

Alejandro rompió así, con un par de cervezas en la mano y la sonrisa de quien sabe que lo tiene todo bajo control, el silencio que se había instalado entre ambos justo después de que una amiga de Candela los hubiera presentado.

Recordaba esa fiesta y esa maldita frase que no podía quitarse de encima.

«Magia es verte sonreír». Cuatro palabras que, durante los primeros meses de su relación, Alejandro no dejaba de repetirle. Lo saludaba así cuando quedaban en la esquina de la biblioteca para tomar café; lo desnudaba por las noches susurrándosela al oído; se la repetía una y otra vez mientras hacían el amor, y volvía a musitársela al oído después de correrse juntos; le daba los buenos días con ella y también las buenas noches.

«Magia es verte sonreír».

¿Por qué no podía dejar de pensar en ella? Después de tantos años, en ese momento la dichosa frase no lo dejaba respirar. La tenía instalada en el cerebro, como uno de esos chips que implantan a los perros para encontrarlos en caso de pérdida. Habían pensado en tatuársela, pero al final ambos se habían echado atrás. Ahora se alegraba de no haberlo hecho.

«Magia es verte sonreír».

—¡Y una mierda magia es verme sonreír! —gritó David rompiendo el silencio que inundaba todo el piso.

Las primeras semanas, tras su marcha, repasó mentalmente día por día en busca de alguna pista, de algún rastro que le hiciera ver lo que Alejandro pensaba hacer. Rebuscó en cada hora y en cada segundo algún mensaje oculto, alguna indirecta en las pocas palabras que habían intercambiado en los últimos tiempos. Algún resquicio que dejara entrever que Alejandro fuera a abandonarlo cuando más se necesitaban. Y no fue hasta que David asumió que jamás volvería a casa, cuando las dudas y los interrogantes tuvieron respuesta.

Era cierto que ambos se habían convertido en un eco para el otro, pero, aun así, para David era un alivio saber que Alejandro estaba ahí, al otro lado de la pared; tan cerca, pero a la vez tan lejos. No supieron ayudarse, cada uno lo hizo en la soledad de su dolor, con su propia culpa, olvidándose del otro y construyendo murallas cada vez más altas, cada vez más gruesas.

«Magia es verte sonreír».

David aceptó la cerveza, y la siguiente media hora la pasaron entre los tópicos que cualquier comedia romántica utiliza. Aquellos en los que los protagonistas se insinúan mientras comparten un helado de dos sabores o pasean por la vera de algún río.

Nada destacable.

Nada fuera de lo común. Nada mágico.

Tan solo dos chicos conociéndose en una fiesta universitaria y, aun así, una de las noches más importantes de sus respectivas vidas.

3

De: Alejandro Amez
Para: David Lavalle
Fecha: 11 de noviembre de 2028
Asunto: RE: RE: Skinny Love, Birdy

No puedo ni imaginar por lo que has pasado todos estos años. Y no pretendo que me perdones, ni yo mismo puedo hacerlo. Tan solo quiero que vayamos juntos y desenterremos la caja. Si no lo haces por mí, hazlo por él.

Ale

Lo que más le gustaba era perderse en las librerías, buscar entre las estanterías llenas de polvo ejemplares gastados e impregnados de lignina. Eso le había dicho David cuando Alejandro le preguntó por lo que le gustaba hacer en su tiempo libre y en lo que no podía dejar de pensar. Después de leer el correo de David y lanzarse a escribir la respuesta, se vistió y se echó a la calle en busca de aire y libertad.

Le alivió que hubiera respondido. Era un comienzo, y tenía por delante algo más de tres meses para convencerlo. Se pasó el resto de la tarde callejeando, y lo único que veía eran librerías que le hacían pensar en él. Después de tanto tiempo, no podía recordar cuántas habían recorrido juntos y en todas, absolutamente en todas, David ponía la misma cara de ilusión, la misma cara de emoción de alguien que descubre algo por primera vez. Y sonreía, siempre sonreía.

«Eres un hijo de puta, y no es la primera vez que me lo demuestras».

El correo de David lo había dejado abatido. Las quince palabras que formaban aquella frase se habían tatuado en la piel de Alejandro. Así se sentía él, como un auténtico hijo de puta que había dejado a su marido en la estacada. Un maldito egoísta que no podía soportar más el silencio en su propia casa y que, en lugar de sentarse y hacerle frente, decidió huir. No podía negar que lo era, pero lo que no terminaba de entender era la segunda parte del correo:

«Y no es la primera vez que me lo demuestras».

¿Qué quería decir David con eso? ¿A qué estaba refiriéndose? Alejandro se pasó el resto del día dándole vueltas sin llegar a ninguna conclusión. Hizo un repaso rápido del tiempo compartido, buceó entre los peores momentos que pasaron juntos, pero en ninguno de ellos se había ido de casa. Era evidente que algo se le escapaba y que, en algún momento, Alejandro había hecho algo que David nunca le echó en cara y en ese momento sí. Al fin y al cabo, David era así. Se guardaba las cosas y, en el peor momento, cuando sabía que más daño podía hacer, lo soltaba sin remordimientos en un cuadrilátero en el que dejaba noqueado a su rival. Fueron muchas las discusiones en las que David, sin ningún tipo de miramiento, sacaba a relucir algún error que Alejandro había cometido hacía meses, lo que provocaba que la discusión fuera mayor y el enfado durara más de la cuenta. Después de muchas discusiones y reconciliaciones, Alejandro determinó que ese era el peor defecto de David y que, a pesar de la cantidad de veces que le había pedido que no lo hiciera, que fuera sincero con él y le dijera lo que pensaba en el momento en el que ocurría, David nunca cambió y siguió usando esos errores como flechas apolíneas. Tensas, afiladas y directas al tendón de Aquiles de Alejandro.

Por unos segundos pensó que podía referirse a algo que había ocurrido después de casarse y de lo que David no sabía —o eso pensaba Alejandro— nada. Le había dado varias vueltas y al final lo descartó porque, de haber sido así, estaba seguro de que ya se lo habría echado en cara. Quiso preguntárselo en el correo que le mandó como respuesta, pero en el último momento decidió borrarlo y no indagar más. Podría estar haciendo referencia a aquellos momentos en los que Alejandro, por no seguir alimentando la escena, se iba del piso a pasear e intentar calmarse, para que, a su vez, él hiciera lo propio. A veces surtía efecto; otras, en cambio, se encontraba con un David leso por no haber podido vaciar todo su carcaj.

En todo esto pensaba Alejandro mientras la noche caía sobre una Barcelona ruidosa, llena de terrazas donde la gente reía y bebía, extraña al dolor ajeno. Alejandro estudiaba cada rostro que se cruzaba con su mirada y jugaba a ponerles vidas y nombres: «Este se llama Gonzalo y acaba de romper con su novia; el de la chaqueta verde es Pedro y sonríe satisfecho y relajado porque acaba de hacer un trío con dos chicos que ha conocido esta tarde a través de una aplicación de citas; aquella chica de pelo rubio y ojos verdes se llama Blanca y acaba de descubrir que está embarazada; la señora asomada a la ventana se llama Esperanza y piensa en su marido fallecido el verano pasado; ese chico, Mateo, que agarra a su novia, Susana, por la cintura demostrando al mundo su propiedad sobre ella, no sabe que lleva engañándolo más de seis meses con su mejor amigo, Luis...».

Cogió el móvil para comprobar la hora, pero dirigió la vista hacia la notificación que anunciaba un nuevo mensaje en su correo. David le había contestado antes de lo que hubiera imaginado, pero le daba miedo su respuesta. Decidió volver sobre sus pasos y sentarse en una terraza que había visto por el camino. Se pidió una copa de vino blanco, que después se convertirían en tres, e hizo clic sobre ese maldito icono con forma de sobrecito.

4

De: David Lavalle

Para: Alejandro Amez

Fecha: 11 de noviembre de 2028

Asunto: RE: RE: RE: Skinny Love, Birdy

¡Ni te atrevas a mencionarlo!

No tengo que perdonarte porque ya no existe nada entre nosotros. Tú te encargaste de borrarlo todo. De destruirlo. Y el día que te fuiste, mientras tú no estabas, fui yo quien se encargó de barrer todos los escombros.

Así que no, no vuelvas a escribirme. No necesito esto ahora, y mucho menos a ti.

Ｄavid lo envió directo a su adversario y fue a la cocina a servirse una copa de vino blanco, se sentó en el borde de la mesa y se fijó en los armarios de la cocina. A través de las puertas acristaladas se veían todos los platos, vasos y copas perfectamente colocados, lo que le recordó a la obsesión de Alejandro por el orden.

Al principio eran pequeños gestos, comportamientos que David consideraba hábitos de orden relacionados con su manera de ser tan cuadriculada. Ya en los primeros meses, cuando su relación estaba encaminada y quedaban para estudiar juntos en la biblioteca, mientras el espacio que ocupaba David era un completo desastre, lleno de apuntes desordenados, libros abiertos y fluorescentes, el de Alejandro era un remanso de paz, de apuntes bien organizados y separados por temas con sus respectivos manuales, subrayadores de colores para cada asignatura y pósits con palabras clave. Alejandro siempre le reprochaba que debía ser más metódico con sus apuntes y, en especial, más ordenado. Pero David nunca le dio importancia y, desde luego, nunca cambió su forma de estudiar, aunque, debía reconocer, con el transcurso de los años y sobre todo mientras preparaba las oposiciones a profesor, sí lo consiguió.

Lo que parecía algo casi inocente fue transformándose en una necesidad imperiosa por tener los alimentos ordenados de mayor a menor en la despensa y por fecha de caducidad en la nevera; los libros por colores en las estanterías del salón; las colchas siempre en línea recta y sin ninguna arruga ni doblez, al igual que las alfombras y las cortinas. Alejandro se negaba a aceptar su TOC con el orden y David se rindió ante la situación y aprendió a vivir con ello. Salvo cuando David no dejaba la toalla del baño en perfecta simetría o alguna revista mal colocada; entonces sí discutían. Y eran esas pequeñas cosas, como cuando Alejandro era capaz de levantarse dos o tres veces a por un vaso de agua con tal de no dejarlo sobre la mesilla toda la noche, o el hecho de que nunca se acostaba sobre la cama a leer por no arrugarla, las que preocupaban a David y las que le reprochaba. Pero, ante eso, Alejandro siempre hacía odios sordos y zanjaba las discusiones llamándole exagerado.

Mientras David daba un sorbo, Pietro entró y puso a hervir agua para prepararse una infusión.

—*Tutto bene?* —preguntó Pietro.

—Sí, todo bien. Era mi editor, quiere las primeras cien páginas para la próxima semana —mintió. No quería contarle que Alejandro se había puesto en contacto con él y mucho menos el motivo por el que lo había hecho.

Dejó la copa de vino sobre la mesa y volvió a los últimos meses que había compartido con Alejandro. Meses en los que cada uno se encerraba en un cuarto, lejos del otro. Él sabía de sobra lo que David hacía durante horas en su estudio y nunca, ni un solo día, había entrado a consolarle. Él tampoco lo buscaba, tampoco se había acercado a él. Ninguno de los dos se buscó, todo lo contrario. Se escondían en su propia casa, como dos huéspedes de un hotel que se encuentran por los pasillos y se reconocen, pero que no se saludan ni comparten más de dos palabras. Dos extraños que se cruzan en la sala de estar y se miran con incomodidad, buscando un amor casi apagado, un abrazo prohibido por miedo a que sea demasiado doloroso, demasiado real, demasiado insoportable. Dos intrusos que se buscan con la mirada y se pierden en los silencios que atragantan las palabras que no son capaces de decirse y se quedan a medio camino entre el esófago y los labios, arañando las cuerdas vocales, enmudeciendo los sentimientos que se agolpan en lo más hondo del corazón y se mueren en el olvido.

Dio un trago largo, suspiró y volvió a dejar volar sus recuerdos al pasado. A ese pasado que todos dicen que es mejor, pero que la mente y el recuerdo se empeñan en traer a la memoria en los peores momentos, como un juego enfermizo que puede acabar con tu vida.

¿Por qué no podía dejar de pensar en esos primeros meses de relación? Esos en los que se conocieron y se enamoraron paseando de madrugada por las calles empedradas y húmedas de Santiago. Un paseo en el que hablaron de cine, arte y literatura. Gracias a las cervezas que se habían tomado antes había estado lleno de complicidad, buena conversación, miradas y caricias furtivas. Recorrieron las mismas calles una y otra vez descubriéndose mientras se dejaban llevar por los primeros rayos de sol que nacían en lo alto de la catedral y que dibujaban sus dos torres sobre la plaza del

Obradoiro, donde se sentaron e hicieron testigos a algunos peregrinos de su primer beso. Ese primer beso que nunca se olvida ni se vuelve a sentir, que se convierte en un preludio de todo lo que vendrá después, que despierta la excitación, la imaginación y da paso al segundo, más intenso, más animal, más hambriento.

Se besaron despacio, casi contenidos, pero dejando en los labios del otro las ganas de más. De más besos, de más caricias. Más ganas el uno del otro de tocarse, de descubrirse. De unir las lenguas, de morderse con fuerza, con apremio, como si cada beso fuera a ser el último y hubiera que alargarlo hasta la eternidad. Y así estuvieron hasta que la excitación dio paso al pudor, que venció al deseo, y ambos decidieron levantarse, esconderse de las miradas ajenas que se encontraban, en ese momento, admirando la belleza de la gran catedral gallega.

David, sin darse cuenta, se llevó los dedos a los labios. Se acarició a sí mismo la boca y se dejó mecer por la melancolía que le invadía el cuerpo. Pero no lloró por Alejandro, lloró por él. Lloró por no poder levantarse e ir en busca de esos ojos a veces verdes, otras azules, como el agua de un río amazónico de tonos disímiles. Lo hacía sin fuerzas, pero sí con rabia. Y se dejó atravesar por los recuerdos que entraban desbocados; decenas de imágenes diferentes, pero llenas de vida, de color.

Se levantó algo mareado y se dirigió a su estudio, casi

idéntico al que tenía en el piso que compartió con Alejandro y que siempre pretendía ordenar bajo su criterio. David le pidió que no lo hiciera, que ese era su lugar especial, como el de Alejandro su despacho. Ahí podía tener los libros colocados por autor, sin atender si una edición era en tapa dura, de bolsillo o blanda. Los tenía ordenados como le apetecía y no le importaba si había alguno en una hilera que quedase torcido, ingrávido, debatiéndose entre llevar el peso hacia la derecha o la izquierda. Le gustaba ver sus estanterías así, desordenadas, con libros amontonados indicando el uso constante de su ir y venir de la estantería al sillón.

Iluminado solo por la luz de una farola cercana, David se dejó perder entre los cientos de títulos que ocupaban las estanterías que tiempo atrás habían encargado a un carpintero del barrio recomendado por una vecina. Era lo que siempre había soñado, estanterías que vestían las paredes desde el suelo hasta el techo repletas de obras que había acumulado durante toda su vida. Entre ellas, dos firmadas por él mismo. Otro sueño hecho realidad.

Se detuvo en el estante dedicado a los clásicos y alcanzó *Drácula* de Bram Stoker, uno de sus preferidos y cuya adaptación cinematográfica reponían esa noche en uno de esos canales en los que hacen maratones por género. Se sentó en el sillón de la esquina, encendió la lámpara extravagante que había comprado en el Rastro hacía algunos años y comenzó a leer la novela por vigésima vez.

5

Alejandro pagó la cuenta y, esa vez, no tenía intención de contestar de inmediato. Necesitaba ordenar todas las emociones que aquietaban su interior, serenarse y descansar. Sobre todo, descansar. Los últimos días estaban siendo una odisea.

Cuando llegó a su apartamento, se tiró en la cama y encendió la televisión.

«He cruzado océanos de tiempo para encontrarte».

Alejandro levantó la vista al oír esa frase y pudo ver la escena en la que Drácula se dirigía a una Winona Ryder asustada y, a la vez, embelesada por la voz del vampiro justo antes de que sus colmillos reflejaran la luz de la luna. Apagó la pantalla y tiró contra la pared de frío hormigón el mando, que cayó al suelo desarmado. De repente, trajo de vuelta a esos dos chicos que se conocieron y que, sin darse cuenta y, tal vez sin quererlo, se enamoraron esa misma noche.

—*Drácula* es uno de mis libros preferidos —le dijo David al abandonar aquella fiesta en busca de intimidad.

Quería irse, y Alejandro se ofreció a acompañarlo a casa. Un paseo que se prolongó hasta el amanecer y que culminó en ese primer beso que, en este momento, Alejandro había hecho regresar.

Pensó en el tiempo y lo carcelario que puede llegar a ser. Ese tiempo que nos hace presos de sus relojes y de sus agujas imparables. Da igual que necesites más o que sientas que va demasiado despacio. Nunca se frena, y nos atropella sin miramiento. Y así se sentía él, vencido por el tiempo.

Se preguntaba dónde había quedado aquello, dónde estaban los últimos veinticinco años de su vida. Echó la vista atrás y se percató, más que nunca, de cómo la vida puede cambiar en un solo segundo y de cómo todo lo que un día había creído seguro se había vuelto inestable, voluble.

Al igual que había hecho David, dejó que los recuerdos se abrieran paso entre sus venas, tendones y músculos, que se le clavaran directamente en el corazón, justo en el centro, abriéndolo en canal, rompiéndolo todavía más. Y pensó en Elio y en el día que todo cambió hasta que el sueño le ganó la batalla.

La luz del día entró por la ventana abierta de la habitación de Alejandro posándose en su piel y en las sábanas desordenadas como una prueba irrefutable de que había pasado una mala noche. Era domingo y ya se podía percibir la algarabía de terrazas cercanas abarrotadas por todos los que sienten la inexorable obligación de levantarse temprano y aprovechar el buen tiempo para desayunar con amigos o familia, y demostrar al resto del mundo su plenitud y buena posición económica pagando un precio desorbitado por un par de cafés, zumos de naranja y tostadas con tomate, aceite y sal.

Se levantó y se sirvió un café largo. Por delante le esperaba otro día de calles vacías, de dolor y recuerdo. Otro día como el anterior y el anterior. Y como el de los últimos años. Solo, completamente solo. A la deriva, como un náufrago arrastrado por la corriente y depositado en una playa solitaria; una empedrada, con cuevas abruptas y escarpadas.

Con su segundo café, Alejandro se sentó en la mesa del salón, reconvertida en escritorio, con la intención de dar una respuesta a David. Miraba la pantalla en blanco sin saber por dónde empezar. El cursor parpadeaba y reclamaba palabras con las que alimentar su mensaje, todavía vacío. Miraba cómo esa pequeña barra vertical aparecía y desaparecía, una y otra vez, esperando a que comenzara a escribir. Cada vez se ponía más nervioso y, en un ataque de frustración, bajó de un golpe la pantalla de su portátil haciendo que el café, ya frío, se desbordase. Se dejó caer sobre la mesa, con los brazos sobre la cabeza, y se quedó así lo que le pareció una eternidad.

Se levantó y se asomó por la diminuta ventana de la cocina, que daba a un patio interior. Uno de esos patios llenos de cuerdas que conectan unas ventanas con otras y que los vecinos comparten para tender su ropa. Se rio para sus adentros pensando en todos esos vecinos que no se saludan ni en el ascensor, pero a los que la precariedad del espacio los obliga a tender su ropa interior en la misma cuerda que el de enfrente, ese al que no terminas de conocer nunca, pero del que sabes el color de los calzoncillos porque lo acabas de ver recogiéndolos de una cuerda que os ha unido de por vida.

Al final se recompuso, volvió a abrir el portátil y dejó que los dedos se perdieran por el teclado.

De: Alejandro Amez
Para: David Lavalle
Fecha: 12 de noviembre de 2028
Asunto: RE: RE: RE: RE: Skinny Love, Birdy

David, no pretendo hacerte daño ni abrir heridas. Pero hace dieciocho años hubo algo que nos unió para siempre y, aunque ahora estemos separados, debemos hacerlo juntos.

Piénsalo, por favor. Solo te pido eso.

Ale

6

De: David Lavalle
Para: Alejandro Amez
Fecha: 15 de noviembre de 2028
Asunto: Sin asunto

No tengo nada que pensar.

Alejandro, desapareciste. Y no una vez, sino dos. La primera, cuando decidiste abandonarme en el momento que más te necesitaba; y la segunda, años después de tu huida, cuando yo mismo te eché de mi vida.

Este dolor no te da ningún derecho a reaparecer ni a pedirme lo que me estás pidiendo. Esto solo me demuestra que sigues siendo un puto egoísta.

Deja de escribirme y no vayas a la finca. Allí solo encontrarás dolor.

Hacía unas horas que David había llegado a Galicia con la intención de pasar una semana con su familia. Su hermano había ido a buscarle al aeropuerto y, antes de ir a casa de su madre, pasaron por la suya y recogieron a su mujer, Aroa. Después de comer todos juntos y disfrutar de la sobremesa, decidió caminar por el paseo marítimo. Dejándose llevar por sus pasos, acabó en el enorme espigón, desde donde escribió y envió el correo.

David se imaginó todas esas palabras volando por encima de las olas, empapándose de salitre antes de atravesar toda la península hasta Barcelona, como una bandada de pájaros tan concurrida que parece un solo ser que proyecta formas en el cielo.

Estaba lloviendo y no parecía que fuera a amainar pronto, por lo que decidió mandar un mensaje a su madre para decirle que esperaría a que escampara antes de volver a casa. Se sentó en una de las rocas bajo el nuevo mirador para resguardarse y, al igual que hizo con las palabras, dejó que sus pensamientos surcasen un mar cada vez más embravecido. Dejó que se fuesen lejos, tan lejos como le alcanzaba la vista, y así, arrastrados por la fuerza del viento, traspasaron el tiempo y el espacio, y llevaron a David a esos días en los que ambos caminaban por ese mismo paseo descalzos, cogidos de la mano, con el sol quemándoles la piel y la brisa despeinándoles el flequillo.

—¿Puedo robarte un beso? —preguntó Alejandro

mientras se ponía delante de David cortándole el paso y acercando la cara a la de él, hasta dejar un diminuto espacio entre las bocas.

David se despertó de golpe al oír que un trueno sacudía el cielo. Se había quedado en un duermevela mientras todo se alejaba. La tormenta había empeorado, pero decidió irse de allí.

Llegó a casa empapado, por lo que se fue directo al baño. Se desvistió con prisa y se metió en la bañera aún a medio llenar. Mientras el agua caliente se le escurría por el cuerpo, podía notar el alivio inmediato en los músculos mientras entraba en calor. Se quedó así durante varios minutos y sin darse cuenta, sin saber muy bien por qué, se excitó. Quiso frenarlo, pero cuanto más pensaba en evitarlo, más crecía su erección. Apoyó una mano contra la pared y con la otra comenzó un movimiento ascendente, descendente y furioso que no duró más de un minuto. Se corrió contra la pared y, mientras el placer se desvanecía, regresó el silencio, la nada.

Salió de allí sintiéndose extraño y pensando en Alejandro. Se vistió con un viejo pijama que encontró en el armario y bajó a la cocina, donde vio a su madre de espaldas, concentrada en la infusión de hierbabuena que estaba haciéndose.

—¿Me preparas una a mí? —preguntó apoyándose en el borde la mesa mientras su madre cogía otra taza para él.

—¿Qué ha pasado? —se atrevió a decir mientras le entregaba la taza y se sentaba frente a él. Lo miró y pudo reconocer que algo rondaba la mente de su hijo.

—Nada, ¿por qué? —preguntó David extrañado y a la vez inquieto.

—Te pasa algo, hijo. Puedo notarlo.

—Alejandro se ha puesto en contacto conmigo —respondió con voz neutra. Sabía que no podía ocultarle nada a su madre y, en el fondo, no quería hacerlo.

—¿Para qué? —inquirió asombrada.

Se quedó unos segundos callado, estudiando el rostro de su madre. Esperaba una reacción diferente. De asombro o de enfado. Pero nada, tan solo un leve movimiento de ojos cuando escuchó su nombre.

—Quiere que vayamos a la finca a desenterrar la caja el día de su cumpleaños.

A David le temblaba la voz. Ya no podía disimular la tensión acumulada de los últimos días. Desde que Alejandro le había mandado el primer correo, su mundo se había puesto del revés.

—¿La caja?

El semblante de su madre había cambiado dando paso a la preocupación, incluso al miedo, porque volvía a ver dolor en el rostro de su hijo. El nombre de Alejandro estaba prohibido y jamás hacían alusión a él.

—Sí, la caja. Dentro de unos meses es su decimoctavo cumpleaños y quiere que vayamos juntos a la finca.

—Lo sé. Hace semanas que lo pienso, pero tú...

—Sí, mamá. ¡Ya lo sabes! —contestó interrumpiéndola.

—¿Qué le has contestado?

Su preocupación iba en aumento mientras veía que su hijo se encogía más y más de hombros. De pronto, lo vio con veinte años. Su rostro y mirada llenos de brillo, vacíos de pena. La vida había golpeado a su hijo y en ese momento, con cuarenta y seis años, sus propias heridas se le reflejaban en la piel, en los ojos.

—¡Que no! Que no tengo ninguna intención ni de verle a él ni de ir allí —respondió enfadado.

Su madre no dijo nada más, tan solo abrió los brazos, ya cansados, y esperó a su hijo. David buscó su resguardo y, aunque ella lo abrazaba con fuerza y deseó poder quedarse con su dolor, aquel que se extendía en él como una enfermedad, sabía que no podía hacerlo. Solo podía escucharle en silencio porque, esa vez, no podría salvarle de algo que ni ella misma podía imaginar. Al día siguiente volvería a Madrid y no podría ayudarle.

—¿Por qué no te quedas unos días más? —le pidió.

—No puedo, mamá. Tengo una novela que empezar.

7

Alejandro se despertó sobresaltado en mitad de la noche, sudando y nervioso. No podía recordar la última vez que había conseguido dormir más de una hora seguida a pesar de que recurría a la ayuda de los fármacos. Se levantó y se fue a buscar un vaso de agua, lo llenó hasta arriba, se lo bebió de un solo trago, lo dejó sobre la encimera y volvió a meterse en la cama deseando apartar todo el maremágnum de emociones que bailaba de manera cruel en su cerebro.

A las siete de la mañana se dio por vencido y se levantó. Fue directo al baño y lo primero que vio fue una distorsión de sí mismo en el espejo; no pudo reconocerse. Vio a un hombre que, por lo menos, aparentaba diez años más. Tenía los ojos marcados por las ojeras, nuevas canas en las sienes y en la barba desarreglada. También se fijó en las arrugas nuevas, unas marcas que le indicaban el paso del tiempo y lo vivido. Pero le dio igual; había dejado de preocuparse por su aspecto físico. Iba a la peluquería dos o tres veces al año y se afeitaba cuando la barba era ya demasiado larga o le molestaba.

Después de darse una ducha fría salió del apartamento con la intención de tomar un café en una de esas terrazas que, a diferencia del fin de semana, estaban llenas de hombres y mujeres solitarios, bebiendo su café y leyendo las primeras noticias del día en su teléfono móvil. Se sentó en la primera mesa que vio libre, se pidió un café doble solo y leyó por segunda vez el correo que le había mandado David el día anterior.

«Deja de escribirme y no vayas a la finca. Allí solo encontrarás dolor».

Era evidente que David no quería saber nada él, pero tenía que encontrar la manera de conseguirlo. Necesitaba ir a la finca y tenía que hacerlo con él. Si no, nada tendría sentido.

El día era frío pero soleado, por lo que decidió pasar la mañana por los alrededores de la Barceloneta y disfrutar, así, de la brisa marina. Era algo que hacía a menudo y que siempre le recordaba a esos primeros días con David, cuando paseaban juntos por la playa de A Coruña sin más conversación que la propia de quienes aún están conociéndose y que no son capaces de decir más de dos palabras seguidas sin interrumpirlas con un beso.

Sin saberlo, al igual que había hecho David, se sentó al borde de unas rocas y decidió contestar su correo.

De: Alejandro Amez
Para: David Lavalle
Fecha: 16 de noviembre de 2028
Asunto: La playa

Sé que no quieres que te escriba, pero no puedo evitarlo. Ya me rendí una vez y no volveré a hacerlo.

Hoy me he acordado de nuestros paseos por la playa del Orzán. Puedo oír el eco de sus olas, sentir el tacto de la arena entre los dedos...

Y también te veo a ti.

Ale

8

De: David Lavalle
Para: Alejandro Amez
Fecha: 17 de noviembre de 2028
Asunto: ¡BASTA YA!

No sé qué pretendes conseguir con este último correo.

Eres un auténtico cabrón y no tiene ningún sentido nada de esto, Alejandro. No quiero saber de ti. No me interesa lo que estás haciendo, ni pensando, ni sintiendo. No me interesa saber dónde estás ni tampoco cómo.

NO QUIERO SABER NADA MÁS DE TI.

David desvió la mirada hacia el exterior, donde la lluvia caía sin prisa sobre el asfalto y la gente iba y venía buscando refugio bajo los balcones de los edificios. Siempre le había sorprendido la capacidad que tenía la lluvia de colapsar Madrid en tan solo unos segundos, convertirla en un auténtico caos y conseguir, sin saber cómo ni de dónde, que cientos de vendedores ambulantes cambiasen los bolsos falsos por paraguas y sombreros que vendían en las bocas de metro como caramelos en la puerta de un colegio.

Cuando escampaba y el cielo volvía a brillar, la ciudad recuperaba la normalidad y las papeleras se llenaban de paraguas rotos que no habían soportado el temporal, y los vendedores volvían a exhibir sus imitaciones por la Gran Vía de Madrid, siempre en guardia y preparados para echar a correr por si aparecía algún policía con hambre de multa.

Había recibido su mensaje mientras se vestía por la mañana. Al principio, pensó que sería su editor, pero, cuando vio que era de él, decidió dejarlo para otro momento. Había regresado de Galicia la noche anterior, consciente de que le había sentado bien pasar una semana lejos de Madrid y cerca de su madre. Ella había sido su mayor apoyo los años que siguieron a la huida de Alejandro. Sin ella no habría sobrevivido. Las primeras semanas todos daban por hecho que volvería, que tan solo necesitaba tiempo. Pero todos se equivocaron, incluida ella.

Viendo cómo la lluvia golpeaba el cristal de la cafetería, recordó lo que su madre, tiempo atrás, le había confiado: «El matrimonio es un viaje lleno de desvíos que, en ocasiones, uno de los dos toma solo sin tan siquiera avisar al otro. Es un viaje lleno de muros; algunos aparecen sin que los busques, pero otros se construyen a diario y a veces, cuando queremos saltarlos, ya son demasiado altos para cruzarlos, demasiado gruesos para derribarlos y, poco a poco, esas barreras invisibles nos separan. Ten cuidado, David, el amor nunca es suficiente para salvarnos». Su madre tenía razón, los matrimonios se desgastan, se diluyen. Y lo que antes era irracional, sin medida, se convierte en algo que se sustenta en los cimientos, en el recuerdo de los primeros años.

Hubo un tiempo en el que ellos —o eso quería pensar David— también se creían inmortales. La mejor pareja del mundo. La que más se quiere, la que más se ama, la que más se desea. Siempre criticaron a esas parejas que veían en la mesa de al lado sin hablarse, sumergidas en los móviles y esperando la cuenta; lo único que compartirían esa noche. Se decían a sí mismos que ellos nunca acabarían así, pero las conversaciones sobre cine, el último libro que habían leído, arte, viajes o una nueva exposición dieron paso a las de trabajo, economía, situación política, el divorcio de dos amigos o la enfermedad de un conocido. De vez en cuando volvían a ellas, pero con menos frecuencia y, sobre todo, lo que más le dolía a David, con menos entusiasmo. Ya lo sabían todo el uno del otro, ya no quedaba nada por descubrir, nada más que añadir a su historia de amor. Su diario ya estaba lleno de películas preferidas, libros releídos, obras de arte descritas, museos visitados y viajes aplazados por falta de tiempo, de dinero o, simplemente, por no tener ganas.

Había parado de llover, así que pagó y salió del establecimiento. Dudó entre coger el metro o caminar, pero al final se decantó por la segunda opción. Le gustaba pasear por una ciudad en la que acababa de llover, el olor de los muros y aceras mojadas le recordaba a sus años en Santiago, donde llovía cinco de cada siete días y donde el paraguas, a diferencia de Madrid, era algo de primera necesidad. Se puso los auriculares, seleccionó su *playlist* de bandas sonoras y fue calle abajo.

9

De: Alejandro Amez
Para: David Lavalle
Fecha: 19 de noviembre de 2028
Asunto: Sin asunto

David, solo necesito que me digas que lo pensarás durante estos meses. ¡Solo eso!

Soy consciente de que no tengo ningún derecho y entiendo que me insultes, que me odies. Pero necesito saber cómo estás, si sigues dando clase...

Aunque no lo merezca, aunque sea demasiado tarde, dime algo. Por favor.

Ale

Alejandro guardó el móvil después de enviar el correo. Estaba sentado en un banco frente a la Sagrada Familia y pudo verse junto a David en la cola, como dos turistas más. Hasta podía escuchar la descripción que este estaría haciéndole, deteniéndose en cada escultura, cada detalle, cada vidriera, cada columna.

Salió de la cafetería y dio una vuelta por la zona. Se detuvo durante unos minutos a admirarla, con sus torres puntiagudas arañando el cielo, desafiando a las fuerzas de la gravedad, luchando por erguirse como las más altas de Barcelona. Imponiendo su primacía sobre el resto de los edificios. Por un momento, pensó en ponerse en la fila y entrar a la basílica, pero lo descartó enseguida.

Al final, decidió regresar al apartamento. Cogió los auriculares y se puso una *playlist* que iba llenando año tras año con canciones nuevas. Durante el camino, pensó en el último correo de David y en lo que le había contestado. Le apenaba profundamente cada palabra que había leído. El sentimiento de culpa era como una mano que le apretaba el cuello cada vez con más fuerza, asfixiándolo hasta dejarlo sin aire.

¿Qué habría pasado si todo hubiera sido diferente? ¿Dónde estarían en estos momentos si ese día no hubiera existido en su historia? Tanto él como David eran conscientes de que, ya antes de lo ocurrido, su matrimonio no se mantenía en pie. Era algo sobre lo que ambos habían hablado alguna vez, algo acerca de lo que Alejandro reflexionaba todavía a diario. Su matrimonio se había convertido en una rutina más, como ir al trabajo o hacer la compra cada semana. Lejos quedaban los planes improvisados, los largos paseos sin un destino fijado, las cenas en el suelo del salón con velas y vino barato, los domingos en el Rastro y de cañas con amigos. En los últimos años se habían convertido en un matrimonio más. Un matrimonio de manual, donde solo había espacio para la economía doméstica, las vacaciones bien planificadas y los domingos en casa, descansando y cogiendo fuerzas para la semana de trabajo que se venía encima. Atrás quedaron los mensajes sobre la almohada, los bailes en medio de la cocina que terminaban en un polvo contra la nevera o en la encimera, la misma en la que había dejado su despedida.

Se habían convertido en la pareja de la que siempre habían intentado huir, y lo peor de todo es que sucedió tal y como se lo había dicho Manuela, su amiga recién divorciada y liberada: «Un día os despertaréis y, sin daros cuenta, os habréis convertido en uno de esos matrimonios que lo único que tienen en común es una cuenta corriente, un buzón y, con suerte, una hipoteca. Los matrimonios son simples contratos. Papeles sin firmar en los que aceptas una vida tranquila, sin sobresaltos. Una vida compartida con esa persona de la que antes estabas enamorada y a la que ahora tienes que soportar en el mismo puto sofá en el que antes follabais a las tres de la tarde o a las doce de la mañana...». Eso les dijo mientras ellos se miraban, riéndose, al ver cómo su amiga despotricaba contra su recién estrenado exmarido, el mismo del que hacía tan solo unos meses soltaba maravillas y con el que se había casado demasiado pronto. Fruto, sin duda, de un ataque de romanticismo extremo.

Los meses que siguieron a su marcha, Alejandro pensó en el matrimonio más que nunca. Pensó en todas esas conversaciones que había mantenido con David y en las que siempre quedaba como el menos romántico, el más descuidado y el más pasota de los dos. David había llegado a obsesionarse con todas esas parejas que acaban separadas y peleándose hasta por los nombres en el buzón, y siempre le decía que no quería que ellos acabaran así. Alejandro no le daba demasiada importancia y le contestaba diciendo que ellos eran diferentes y que no se preocupara por eso, que podía quedárselo él sin problema. Esa broma nunca le hacía gracia a David, quien se enfadaba y se iba resoplando a su estudio no sin antes recriminarle que nunca lo tomaba en serio.

No pudo evitar sentirse miserable por no haber escuchado más a David. Tal vez tendría que habérselo tomado más en serio. Tal vez, si hubiera sido más atento o romántico, la situación sería diferente. Aun así, hay cosas que se escapan al control de uno mismo, y lo que ocurrió el día que todo cambió no es el resultado de su relación, de sus errores ni de su falta de romanticismo. Nunca podrán saber cómo habrían afrontado la situación si su relación hubiese sido diferente.

Mientras pensaba en todo eso, una gota le cayó sobre la mejilla. Se le posó sobre el pómulo y se deslizó por su piel hasta morir en la comisura de la boca. Una gota que lo despertó y lo devolvió a la realidad. Otra le cayó sobre la mano, y otra después de esta. Miró al cielo y pudo comprobar que, pronto, aquellas nubes negras descargarían con fuerza sobre la ciudad. Y lo hizo justo cuando Alejandro introducía la llave en su portal. La lluvia ya caía con fuerza y, mientras subía los dos pisos hasta su rellano, un trueno hizo temblar los cristales de todo el edificio.

10

De: David Lavalle

Para: Alejandro Amez

Fecha: 23 de noviembre de 2028

Asunto: RE: Sin asunto

Ya he pensado mucho durante estos últimos años. Te he dedicado demasiado tiempo de mi vida. Tiempo que nunca recuperaré. Y si hasta ahora no te he importado nada, te pido que continúes así.

Entre tú y yo ya no queda nada. Tan solo recuerdos y mucho dolor. Dolor que no quiero rememorar, por lo que te vuelvo a pedir que olvides la caja, la finca y a mí. No creo que te resulte muy difícil, diez años te avalan.

David estaba empezando a cansarse de la insistencia de Alejandro. Tardó mucho en aceptar su marcha, pero lo había conseguido. Había salvado su vida, y por nada del mundo quería ponerla otra vez en peligro. No le importaba si quería saber de él. De nada serviría mantener el contacto y, mucho menos, verse. En ese momento todo era muy distinto, porque, de alguna manera, había conseguido pasar página o, al menos, cambiar de párrafo.

—¿Café? —preguntó Pietro.

—Doble, por favor —contestó David dibujando una sonrisa en un intento por disimular su inquietud.

Dos cafés más tarde, Pietro se fue al trabajo y David decidió pasar el resto del día frente a su portátil. Estaba enfrascado en la que sería su primera novela, y su editor llevaba días reclamándole las cien primeras páginas.

Mientras releía lo poco que había conseguido escribir, lo llamó Candela. Contestó sin ganas, pero, al ver que su amiga tenía ganas de saber de él, se sirvió una copa de vino y charlaron largo y tendido. Acabaron con la promesa de verse esa misma semana.

Llevaba días pensando en contárselo todo a Candela, pero no estaba seguro. Por una parte, le apetecía escuchar la opinión de su amiga, pero, por otro lado, le daba miedo. Hablar de él suponía darle una importancia que no deseaba. A pesar, incluso, de que tanto ella como su madre habían sido su gran apoyo.

El sonido de la puerta lo devolvió a la realidad. Miró el reloj y vio que eran más de las nueve de la noche. Cerró el portátil y salió del estudio. Vio a Pietro en la entrada, colgando el abrigo en el perchero, al lado del suyo, y sonrió. Hacía cuatros años que se conocían y desde entonces David se sentía en calma. Algo que, en ese momento, valoraba más que nunca. Muchos dan la felicidad por sentada, la seguridad de una vida fácil y sin sobresaltos, pero no valoran la fragilidad de la vida ni cómo esta puede estallar en mil pedazos. Que todo se evapore sin que puedas hacer nada por remediarlo.

David jamás olvidaría el dolor que llevaba consigo y, quizá por eso, todos los días se permitía, durante unos minutos, que esos ojos verde agua volvieran a él y lo invadieran todo. Verle de nuevo sonreír, dejar escapar alguna lágrima que ya no quemaba, pero que sí tenía el camino marcado en su piel.

11

Alejandro recibió el correo de David cuando se encontraba en un restaurante. Lo había descubierto al poco tiempo de llegar a Barcelona, cuando aún trabajaba en el bufete y su vida era muy distinta a la de ese momento. Esos primeros meses fueron duros, pero gracias al trabajo conseguía levantarse cada mañana. Tenía un motivo para despertarse y un largo día de trabajo a sus espaldas, que lo ayudaba a conciliar el sueño.

Pero todo empezó a precipitarse cuando llegó de Nueva York. Sus jefes le habían propuesto que se hiciera cargo de un complicado caso de fraude fiscal, y él, ante la perspectiva de alejarse todavía más, lo aceptó. Casi dos años de dura batalla legal y, tras perderlo, regresó a la ciudad condal con la carta de despido en una mano y un futuro incierto en la otra. Pensó en volver a Madrid, pero no pudo hacerlo. Sin darse cuenta, diez años después estaba sin trabajo y viviendo en un piso que se suponía temporal. Se mantenía gracias a la herencia de su abuelo materno, fallecido hacía siete años, quien le había dejado una importante suma de dinero tras una vida de trabajo y sacrificio.

Siempre que se encontraba con fuerzas volvía a ese restaurante porque le recordaba a David. El primer día que entró, le llamó la atención la enorme colección de réplicas de pinturas impresionistas de las paredes. Pero de todas fue la *Olympia* de Manet la que más le impactó. Tanto que decidió sentarse en la mesa situada debajo de ella.

El viaje a París siempre fue una constante en su relación y, sin duda, el más inolvidable de todos los que habían hecho juntos. Estar ahí, rodeado de todos esos cuadros, le devolvía a esos días en los que paseaban al borde del Sena y visitaban el Orsay y el Louvre, museos en los que pudo ver cómo David se enamoraba todavía más del arte.

Desde la misma noche en la que se conocieron paseando por aquellas calles en ese momento extrañas en su recuerdo, ya pudo comprobar la fascinación que David sentía por el arte en todas sus formas. Daba igual que hablara de una escultura o de una pintura, de un templo griego o de una catedral románica; en cada una de sus descripciones ponía el mismo entusiasmo, casi eufórico. Todas sus palabras estaban cargadas de admiración y respeto, casi de adoración, lo que Alejandro envidiaba. Le daba rabia que David tuviera esa devoción casi irracional por su carrera mientras que, para él, estudiar Derecho era más una obligación que una vocación. Su madre y su padre eran abogados y, desde que era adolescente, ambos le recordaban de manera constante lo orgullosos que estarían de él si se convirtiera en uno, a pesar de que su sueño era otro muy distinto.

Cuando terminó de comer, mientras se tomaba su café, decidió coger el portátil y contestar a David. Levantó la vista y, mientras *Olympia* le observaba, serena y delicada, se lanzó sobre el teclado como uno de esos artistas al lienzo en blanco.

De: Alejandro Amez
Para: David Lavalle
Fecha: 25 de noviembre de 2028
Asunto: Olympia, de Manet

Ahora mismo escribirte es lo único que me mantiene a flote. No respondas si no quieres, pero necesito hacerlo.

Hoy lo hago desde el Café de Flore, un restaurante de estilo parisino con varias réplicas de pinturas. Entre ellas he reconocido la *Olympia* de Manet. Me ha hecho pensar en nuestro viaje a París y en la visita al Musée d'Orsay.

Recuerdo que estabas como loco por encontrarla y que recorrimos todas las salas en su búsqueda.

Ale

12

De: David Lavalle
Para: Alejandro Amez
Fecha: 28 de noviembre 2028
Asunto: RE: Olympia, de Manet

Eres un ser despreciable...

Leer ese correo le había dejado exhausto por lo que París significaba en su historia de amor con Alejandro. EL VIAJE. El viaje con mayúsculas. El viaje que les había cambiado la vida. Siempre recordaba París como una semana en la que solo existieron ellos dos y que, mucho tiempo después, siguieron recordando con cariño. En ese momento París lo había apuñalado por la espalda. La torre Eiffel se había desplomado a sus pies. Los museos habían sido saqueados. El Sena, desbordado. Montmartre había sido devorado por un enorme incendio. *Le mur des je t'aime* borrado...

Ese París se desdibujaba al pensar en lo que le había hecho Alejandro. Y mientras leía el correo, los recuerdos le aparecían en la cabeza como en un fotomatón. Foto 1, los dos delante de la torre Eiffel; foto 2, David delante del Louvre; foto 3, ambos sonriendo en uno de los puentes que atraviesan el Sena; foto 4, Alejandro retratado en el barrio de los Pintores; foto 5, besándose delante de *Le mur des je t'aime*; foto 6, ya no vienen más recuerdos. Ya no hay más fotos. La tristeza empaña el pensamiento feliz y lo emborrona todo como la lluvia desdibuja una carta recién escrita.

Le había sorprendido mucho que Alejandro mencionara París en el correo. Hablarle de ese viaje y de la *Olympia* era mezquino, y sabía que era un intento de él por ablandarle el corazón. Recordar ese viaje era traer al presente un pasado mejor, poner sobre la mesa toda su historia. Una que, perfectamente, se podía dividir en dos etapas: David y Alejandro antes de París, y David y Alejandro después de París.

Si ese correo hubiera llegado hacía años, todo habría sido distinto. En otro tiempo, en otra vida, si se lo hubiera pedido, se habría subido al primer avión, lo habría esperado a la entrada del Orsay y habrían recorrido todo el museo hasta encontrarse de nuevo con la obra. Habrían repetido cada paso e incluso se habrían alojado en el mismo hotel, tan pequeño como acogedor.

Le echó de menos, no podía negarlo. Y le dolió tanto su ausencia que temió que, en cualquier momento, su corazón dejase de latir. Pero en ese momento no. Ya no era el de entonces y parecía que Alejandro no se daba cuenta de eso, de que ya no eran los de entonces. Que su vida había cambiado mucho y, con ella, todo lo demás.

Candela se quedó sin palabras cuando David le contó que Alejandro se había puesto en contacto con él.

—¡Qué hijo de puta!

Candela dio una enorme calada a su cigarro. Ambos se encontraban en la puerta del museo Thyssen. Habían quedado esa mañana para ver la exposición «Los impresionistas y la fotografía».

—Lo sé, Candela. No sé qué pretende. En cada correo le pido que deje de escribirme, pero no me hace ni caso. En el fondo, creo que está mal. Hay ciertos matices en sus palabras que me hacen pensarlo y, la verdad, no te voy a mentir, desde que me envió su primer correo no dejo de pensar en él. Me asalta su recuerdo y odio que eso ocurra...

Le costaba mucho decir todo eso, pero lo necesitaba. Necesitaba poner voz a todos sus sentimientos. Verbalizarlos. Gritarlos. Necesitaba compartirlos, verlos salir de su garganta, uno a uno, y notar cómo abandonaban su voz y se perdían. Pero, aun así, no se sentía mejor.

—No llores, no soporto verte así. Ese cabrón no va a arruinarte la vida una segunda vez. ¡No voy a permitirlo! —Candela intentaba consolarlo mientras extendía el brazo para acariciarle la mano.

—No te preocupes. Esto no durará mucho más. ¿Entramos en el museo? ¿Qué te parece si vamos primero a la exposición fija y después a la temporal?

Se pasaron la tarde deambulando por las diferentes salas, admirando algunas de las obras más emblemáticas de la colección. Sobre todo la obra de Dalí, *Sueño causado por el vuelo de una abeja alrededor de una granada un segundo antes de despertar*. Recordaron haberla estudiado en la facultad y haberse dejado perder por sus cientos de significados y realidades diferentes. Para David, esa obra simbolizaba la soledad siendo atacada por el dolor y la tristeza, representados por dos tigres con las fauces abiertas que se abalanzan sobre el cuerpo inerte. Para Candela, en cambio, encarnaba el subconsciente de los sueños. Ese mundo irreal en el que todos nos sumergimos cuando dormimos, que nos presenta diferentes imágenes y formas que, una vez despiertos, no logramos comprender.

Tras la exposición fija se encaminaron hacia la temporal y David se dio de bruces con su pasado. En una pared del fondo, dentro de un marco de madera oscura, vio los ojos de la *Olympia* de Manet. Con paso tembloroso se acercó al pequeño boceto y se quedó frente a él. Lo que tenía delante era uno de los primeros dibujos que el artista había hecho de la mujer que protagonizaría una de sus obras más emblemáticas. Allí estaba ella, serena y sensual. Tan solo unos trazos a carboncillo que dibujaban sus formas y su contorno. Los primeros pasos que, años atrás, había contemplado junto a Alejandro. Todo su pasado concentrado en un pequeño marco de madera.

Salieron del museo minutos antes del cierre y, ya en la boca de metro, se despidieron con un abrazo. David se sentó a esperar el siguiente y pensó en su amiga Candela. Se habían conocido en primero de carrera y, desde entonces, no se habían separado. Los siguientes tres años compartieron piso y, una vez graduados, cursaron un máster en la capital. Ella había sido testigo de toda su relación con Alejandro, desde el principio. Siempre lo había apoyado, aconsejado y ayudado en todo cuanto había necesitado. No podía concebir su vida sin ella a su lado. Y recordó esos años en Santiago entre horas de estudio y resacas vespertinas. Tardes enteras tirados en su piso de estudiantes, viendo películas de la *nouvelle vague* y leyendo la obra crítica de Baudelaire. Ambos compartían un profundo amor por la obra homérica y ovidiana, así como por la narrativa de Virginia Woolf y la poesía de Emily Dickinson y Safo de Lesbos. Muchas veces bromeaban con la idea de que estaban hechos el uno para el otro y que, si David no fuera homosexual, serían la pareja perfecta.

Al despertar miré sobresaltada
mi mano pura entre la tarde clara.
La sortija entre mi dedo ya no estaba.

Cuanto poseo ahora en este mundo
es un recuerdo de color dorado.

Los versos de Dickinson se posaron en David y, durante el trayecto de vuelta a casa, no dejó de recitarlos una y otra vez mientras posaba la mirada en una joven pareja de enamorados que se había sentado frente a él. Ella apoyaba la cabeza en el hombro de él, mientras el chico, con la mano, dibujaba corazones en la pierna desnuda de ella. Pero la joven se percató de que David los observaba y este apartó la vista de inmediato.

«Disfrutad del tiempo que os queda así. Dentro de unos años, si aún no os habéis cansado el uno del otro y seguís juntos, se habrán acabado las caricias y los abrazos. Con suerte, follaréis una vez a la semana y, cuando menos lo esperéis, os odiaréis el uno al otro», pensó David saliendo del metro y dirigiendo una última mirada hacia esa pareja a la que había sentenciado en su imaginación.

Ya en casa, miró su teléfono y advirtió que tenía un

nuevo correo de Alejandro. Se fue a la cocina, se sirvió un vaso de agua y comenzó a leerlo. Pietro todavía no había llegado, así que se dirigió a su estudio. Se dejó caer sobre el desvencijado sillón y cerró los ojos. No le había contado nada y, de momento, no tenía intención de hacerlo. Al fin y al cabo, Alejandro solo vivía en su recuerdo.

13

De: Alejandro Amez
Para: David Lavalle
Fecha: 30 de noviembre 2028
Asunto: Nieve en París

David, mi intención no es hacerte daño, pero los recuerdos son lo único que me mantiene con vida.

Hace días que pienso constantemente en aquella segunda noche en París, en la nieve, en tus ojos... y me gustaría que supieras que nunca he dejado de pensar en ti.

En él.

En los dos...

Ale

Alejandro se sintió extraño. Ni triste ni contento. Extraño. No era capaz de determinar lo que en ese momento pasaba en su corazón. Recordar París estaba siendo una especie de viaje en el tiempo. No era solo rememorar momentos, sino más bien regresar a ellos. Volver a verse con David a su lado en aquella ciudad entumecida por el frío de febrero, con el Sena surcado por el hielo y los céspedes embarrados por culpa de la aguanieve. Y aunque tenía la esperanza de que hablando de aquello pudiera llegar hasta él, entendía que David no quisiera saber nada más. Después de todo, había sido él quien se fue sin mirar atrás.

De todos los momentos vividos en París, la segunda noche había sido especial para ambos, por eso la mencionó. Conocía a David y, si en los últimos años no había cambiado mucho, sabía que le removería por dentro. Esa noche no pudieron subir ni a la torre Eiffel ni a las terrazas de Notre-Dame por culpa del viento. Tampoco pudieron visitar Versalles ni los jardines de Luxemburgo, pero, aun así, había sido perfecta. Vivieron un París diferente, sin pícnics en el Campo de Marte ni en los jardines de las Tullerías, pero se quisieron en cada portal medio abierto, se abrazaron en cada semáforo en rojo, practicaron sexo en algún que otro baño público y cenaron en el suelo de su habitación de hotel con velas compradas en una cerería próxima a la basílica del Sagrado Corazón y vino barato del supermercado de enfrente.

Fue un viaje mágico, y así se lo relataron a su regreso a amigos y familiares. Un viaje que nunca olvidarían y que en ese momento, capricho del destino y gracias a la *Olympia*, seguía con un nuevo brillo. París se construía en su imaginación; la torre Eiffel se erigía ante la mirada atónita de David, que estaba a su lado. Las catedrales se levantaban ladrillo a ladrillo desde el primer cimiento hasta la punta del campanario. Las bóvedas caían del cielo y se posaban sólidas sobre los contrafuertes y las pechinas. Las vidrieras de infinitos colores se adosaban a los marcos y creaban prismas de colores en el interior para los cientos de fieles y turistas. Veía cómo los puentes cruzaban el Sena de un lado a otro emergiendo del agua. Podía ver cómo las plazas se extendían a sus pies, baldosa a baldosa, rematando en su centralismo con esculturas ecuestres de reyes del pasado. Veía un París floreciente. Un París arcádico y soleado, donde paseaban de la mano y los sueños aún estaban por cumplir.

Veía a David esa noche que la nieve había comenzado a cubrir las calles y ambos bajaron corriendo las escaleras poseídos por un espíritu infantil que los llevó a lanzarse bolas de nieve. Podía escuchar su risa en ese instante, inundando toda la cafetería. Podía verlo sentado en cada silla. Lo veía en cada rostro. En cada esquina podía chocarse con sus ojos. Con su mirada templada y su semblante sereno, tierno. Su forma de mirar tan delicada y placentera. Recordaba esa forma de hacerlo desde el primer día y que, con el paso del tiempo, no había cambiado. Sus ojos, a pesar de las nuevas arrugas, de estar un poco más hundidos y ojerosos, seguían trasmitiendo ese brillo inocente. Seguía teniendo una mirada pulcra, casi virginal. Celestial. Siempre bromeaba con él y le decía que sus ojos habían sido tocados por los dioses del Olimpo y que, si Zeus pudiera, bajaría de los cielos para secuestrarlo y convertirlo en su Ganimedes para que acabara siendo un personaje más de *Las metamorfosis* de Ovidio.

«¿Cómo serán ahora sus ojos?», se preguntó Alejandro. Y cayó en la cuenta de que David tendría cuarenta y seis, dos menos que él. Aun así, seguro que esos últimos diez años le habrían sentado mejor a él. Se giró y vio su reflejo en el cristal. Un hombre ojeroso y desaliñado le devolvía la mirada desde el otro lado. Unos ojos oscuros, apagados y sin vida lo observaban escudriñando las arrugas, las canas en la barba, las líneas de expresión a ambos lados de la boca. Con un movimiento de cabeza, como sacudiéndose el pelo mojado, se liberó de él y se levantó de la silla con estrépito.

Salió de la cafetería pasadas las tres de la tarde y, a pesar de que era finales de noviembre, el sol caía sobre el asfalto con aplomo, creando un ambiente pegajoso y húmedo. El cielo estaba cubierto por algunas nubes dispersas, jugando a ocupar el menor espacio posible, como pequeñas motas de polvo posándose en una superficie negra y lisa.

Sentado en el metro, cerró los ojos un rato en un intento por descansar la vista. No se había dado cuenta de lo cansado que estaba hasta que se dejó caer sobre uno de los pocos asientos libres. Por delante le quedaban unos veinte minutos de trayecto hasta su parada, y a pesar de que llevaba un libro en el bolsillo de la parka, no le apetecía leer. Lo único que le apetecía era tener la mente lo más despejada posible, algo completamente inviable. Los recuerdos le acechaban como un león que espera entre la espesa maleza el momento justo en el que su presa esté distraída para abalanzarse sobre ella.

Sin darse cuenta, ya estaba pensando en David, en esos días en los que todo era más fácil y sencillo. Esos días en los que los problemas de su matrimonio tan solo eran preludios lejanos de lo que vendría después. Volvía a revivir esas mañanas en las que el sol entraba por la ventana de su dormitorio y se posaba sobre la espalda desnuda de David. Él comenzaba a besarle por el cuello, bajando un milímetro con cada beso, pasando por toda su espalda hasta llegar al final y morderle uno de los glúteos, lo que siempre provocaba un sobresalto en David, quien se daba la vuelta rápidamente para ponerse encima de él y besarle con ganas.

El sonido de las puertas abriéndose lo sacó de su trance emocional y decidió bajarse sin tan siquiera fijarse en que aún le faltaban dos paradas para su destino. Decidió hacer el resto del trayecto andando, dejándose empapar por la suave brisa que corría por las callejuelas que llevaban a su portal. En cuanto llegara a casa, lo primero que haría sería darse una larga ducha de agua fría para poder quitarse todo ese sudor de encima y, de paso, ese sentimiento de culpa que le apelmazaba el cuerpo. Se sentía extraño, fuera de sí, como si estuviera ocupando un cuerpo que no era el propio.

Sintió el agua al caer como una dosis de energía. Cada gota le devolvía plenitud. Lo vigorizaba. Sentía que toda la tensión iba diluyéndose a través de su piel; se fijó en que el agua formaba un remolino hasta desaparecer por el desagüe, y se imaginó lo fácil que sería todo si su dolor se fuera de esa misma manera. Cogió el tapón y lo colocó para impedir que el agua abandonara la bañera. Se sentó y esperó a que esta subiera de nivel hasta casi desbordarse. Cerró el grifo y se sumergió deseando convertirse en agua. Deseando desaparecer, aunque solo fuera durante unos segundos, del mundo.

14

De: David Lavalle
Para: Alejandro Amez
Fecha: 2 de diciembre de 2028
Asunto: RE: Nieve en París

Alejandro, sé lo que pretendes y no lo vas a conseguir. Ese viaje ya no existe en mis recuerdos y tampoco esa noche ni ninguna otra.

Es que no puedo comprender cómo eres capaz de aparecer así, de la noche a la mañana, como si no hubiera ocurrido nada.

Ya no somos esas dos personas. Todo lo que un día compartimos se ha esfumado para siempre, y tú también.

Te lo pido por última vez: no vuelvas a escribirme.

Con cada correo, Alejandro le confirmaba que no había cambiado. Y lo peor de todo era que estaba consiguiendo que recordara. Pero ¿cómo olvidarlos si formaban parte de su pasado y Alejandro también? Aunque en ese momento le costara creerlo, habían sido muy felices juntos.

¡Claro que recordaba esa segunda noche en París! Pero sentía que había sucedido en otra vida. Se levantó del escritorio y se dirigió a la ventana. Durante unos segundos volvió a la pequeña terraza de Montmartre donde ambos desayunaban rodeados de varias palomas que se posaban en la barandilla de hierro que rodeaba las mesas. Alejandro comenzó a darles miguitas del cruasán y, poco a poco, toda la terraza se llenó de palomas, tantas que el camarero salió dando gritos para espantarlas. Los zumos acabaron en el suelo, y ellos dos, sin parar de reír. Esa misma mañana visitaron la basílica del Sagrado Corazón y contemplaron París desde lo alto del mirador. Hablaron de cine, de Marion Cotillard y de sus papeles en *La Môme (La Vie en Rose)* y *Quiéreme si te atreves*.

Comenzó a llover y, mientras las primeras gotas caían sobre la acera, David empezó a llorar. Dejó la ventana a sus espaldas y se fue hacia una de las estanterías. Tras unos segundos de búsqueda, *Las metamorfosis* de Ovidio. Lo abrió buscando el Libro X y leyó el pasaje de Ganimedes, el que tantas veces había leído en el pasado cuando Alejandro le decía que Zeus lo raptaría en forma de nube espumosa y lo convertiría en su propio amante.

Lo leyó hasta transportarse a una mañana en la que los dos se despertaron en su piso de Santiago después de haber pasado la noche follando y hablando. Ninguno tenía clase. Alejandro empezó a besarle la cara dirigiéndole palabras envalentonadas a la boca, la nariz, las orejas y los ojos, en los que más se detuvo. Los besaba una y otra vez mientras le decía que su mirada haría que el mismísimo Zeus bajase de los cielos para raptarlo y convertirlo en su nuevo Ganimedes. Que obligaría a todos los aedos de Grecia a componer canciones y poemas dedicados a sus ojos y que Ovidio añadiría su historia a sus *Metamorfosis*.

Devolvió el libro a su sitio, miró el reloj y vio que ya eran más de las once de la mañana. Decidió que ya era hora de volver al presente y dejar el pasado como estaba. Hay recuerdos que es mejor no remover y recovecos de la mente a los que es mejor no regresar.

Tras una ducha corta y un segundo café que se preparó para el metro, intentó apartar los pensamientos que, consideraba, estaban tomando una dirección equivocada. Cuando eso ocurría, se imaginaba a sí mismo indeciso en un cruce de caminos. A la derecha, el camino lo llevaba por una senda bucólica. A la izquierda, por un sendero pedregoso y oscuro. Muchas veces se dejaba llevar por este último, pero esa mañana decidió no hacerlo. Había quedado con su editor en una cafetería del centro para hablar de la novela en la que estaba trabajando. Sus dos poemarios se habían vendido muy bien y era un género en el que sentía cómodo, pero en ese momento le apetecía centrarse en la narrativa, idea que había entusiasmado a su editor.

—¿Cómo vas con las primeras páginas? ¿Necesitas más tiempo? —preguntó Carles.

—Tal vez sí, dame un par de semanas más. Estos últimos días están siendo algo... complicados.

No tenía ninguna intención de contarle nada de Alejandro a pesar de la confianza que tenía con él. En los últimos años, Carles se había convertido en un gran amigo, además de en su editor, y estaba al tanto de su pasado. Al fin y al cabo, sus poemarios hablaban de los duelos por los que había atravesado.

—¿Va todo bien? —preguntó preocupado.

—Sí, todo bien. ¿Dos semanas, entonces?

—Diez días.

De vuelta en casa, se tumbó en el sofá y cogió el portátil con la intención de releer lo que ya había escrito, pero, sin saber muy bien por qué, abrió el último correo de Alejandro. Muy a su pesar, estaba consiguiendo justo lo que quería: conmoverle. Y pensó en la espontaneidad que se había perdido al final de su relación. Esos planes improvisados que nacían de la nada y convertían cualquier día en algo único. Una vez, decidieron echar una manta sobre el suelo del salón y pasarse el resto del día tirados sobre ella leyendo y bebiendo vino en copas de plástico después de haberlo visto en un anuncio de televisión. En otra ocasión, se hicieron pasar por dos extraños que se habían conocido en la recepción de un hotel y se habían ido a una de las habitaciones a llevar a cabo todo lo que se habían prometido horas antes en la barra del bar, imitando a los protagonistas de una película que habían visto la noche anterior. Y es que hubo un tiempo en el que todos esos recuerdos le hacían sonreír, pero en ese momento formaban parte de un pasado que ya no volvería por mucho que Alejandro quisiera recuperarlo. Ese pasado estaba enterrado y no podía permitir que llegara hasta él.

Suspiró para sus adentros. Tenía demasiadas cosas en las que pensar, demasiados frentes abiertos. Demasiadas batallas que librar y muchos enemigos a los que vencer, pero entre todos ellos había uno invencible: el tiempo. Quería detenerlo, enterrar todos los relojes del mundo, parar sus agujas y hacerlas retroceder meses atrás, hasta el día que todo cambió. Quería volver a esa mañana. Volver a verle, a escuchar su voz. Deseaba poder ver, aunque fuera solo una vez más, sus ojos verde azulados. Algunos días eran de un azul muy intenso, como el del turbante de *La joven de la perla*. Otros, se teñían de un verde agua que le recordaba al cuadro *Ofelia*, de John Everett Millais. El rostro sin vida de la joven Ofelia lo dejó enmudecido la primera vez que lo vio. Se quedó ensimismado ante él y se perdió en su tez blanquecina. Nunca imaginó que la muerte podía representarse de una manera tan bella y cautivadora. Ofelia flotaba sobre el agua, rodeada de musgo y flores, aún con la boca abierta, como queriendo decir una última palabra. Esa imagen se le antojaba insoportable. El artista engañaba al espectador mostrando una muerte llena de belleza, nada más lejos de la realidad. La muerte nunca es hermosa. ¿Cómo iba a serlo? En los ojos de Ofelia podía ver los suyos. Unos ojos curiosos, llenos de vida. Extrovertidos, con ganas de verlo todo. Unos ojos que ya nunca más podrán mirar. Unos ojos que lo miraban a través del cristal de un marco colgado en la pared. Los ojos de...

Antes de que la tristeza lo asfixiara como una serpiente que abraza a su presa, se levantó y decidió llamar a una antigua compañera del instituto en el que había dado clases durante catorce años. Hablaban de vez en cuando, y con ella podía rememorar su época de profesor. Una etapa de su vida que dejó atrás después de la publicación de su segundo poemario y que, a veces, echaba de menos.

Desde muy joven supo que quería ser profesor de Historia. Y durante mucho tiempo se prometió que, si llegaba a conseguirlo, no sería como la mayoría de los docentes que lo único que pretenden es que sus alumnos chapen todo el temario para luego soltarlo sobre una hoja en blanco, donde solo hay dos o tres preguntas que no ocupan más de un párrafo, esperando una respuesta de más de tres carillas. En Bachillerato, tuvo la suerte de tener un profesor que comparó la relación entre profesores y alumnos con la de un pavo y un granjero...

—En la educación de este país, a los alumnos se os trata como a pavos. Se os abre la boca, se os pone un embudo y se os llena de cientos de temarios que luego vomitáis en un examen —dijo el profesor mientras escribía en el encerado que él no haría ningún examen en todo el curso, lo que provocó así los aplausos y vítores de toda la clase.

Desde ese día quiso ser como él. Y a pesar de que estaba obligado por el jefe del departamento a hacer exámenes a sus alumnos, nunca les mandaba chapar los temarios; todo lo contrario. Sus exámenes consistían en textos, alguna obra de arte, un artículo periodístico, un extracto de una novela o cualquier otro documento relacionado con el tema que despertase el interés del alumno y consiguiera hacerle reflexionar sobre la materia. No le importaban los hechos concretos. No le interesaba que los alumnos supieran fechas exactas y cientos de nombres que olvidarían a las pocas horas del examen. Lo realmente importante de un acontecimiento histórico son las consecuencias que este sigue teniendo en la actualidad. Lo que David pretendía en sus clases era que sus alumnos y alumnas se dieran cuenta de que el mundo en el que viven es así debido a los acontecimientos históricos ocurridos en el pasado.

El primer día de clase siempre escribía en el encerado una lista de cinco lecturas que los alumnos podían elegir leer o no. A cada lectura le daba una puntuación de entre 0,5 y 2 puntos, y cada alumno podía elegir las lecturas que quisiera, siempre y cuando la suma de estas no excediera los 3 puntos. Había decidido incluir en sus clases este método gracias a su profesor de Literatura de Bachillerato. Al principio, sus compañeros le dijeron que eso no funcionaría y que ningún alumno leería ningún libro. En el tercer trimestre, sus treinta y dos alumnos consiguieron los tres puntos.

David sonrió al recordar la cara del resto al ver su éxito con las lecturas. Dos de ellos incorporaron el mismo método en el curso siguiente, pero Clemente seguía convencido de que el mejor era el suyo: exámenes en los que los alumnos tenían que vomitar todos los temarios, palabra por palabra, con comas y puntos incluidos, lo que provocó que los alumnos se quejaran de las diferencias entre unas clases y otras. Al final, la jefa de estudios tuvo que tomar cartas en el asunto y convenció a Clemente de que había que adaptarse a los nuevos tiempos y a las nuevas formas de enseñanza, más didácticas y prácticas, y le dio la razón a David.

Tras más de una hora al teléfono, David se despidió con la promesa de ir pronto de visita al instituto. Se levantó y se dirigió hacia la ventana. Observó a una pareja que paseaba a su perro y, mientras este levantaba la pata sobre la rueda de una moto aparcada en la acera, sus dueños se besaban bajo la luz de una farola; por un segundo la escena le pareció sacada de una película de Woody Allen.

Pietro aún no había llegado, por lo que David se encerró en su estudio con la intención de enfrascarse en alguna lectura nueva.

15

De: Alejandro Amez
Para: David Lavalle
Fecha: 2 de diciembre de 2028
Asunto: Not About Angels, Birdy

David, necesito recordar que un día fui feliz y es inevitable que lo haga contigo.

Ya sé que no somos los de antes, pero yo no puedo olvidar a aquel chico que conocí en una fiesta hace tantos años...

Ale

Después de mandar el correo, Alejandro siguió pensando en la fiesta. Recordó que, durante mucho tiempo, se quedó observándolo en la distancia, analizando sus gestos, su risa y su mirada. Le había llamado la atención lo mucho que se mordía el labio inferior y pensó en lo mucho que le excitaba que lo hiciera. Durante unos segundos, se imaginó a él mismo mordiéndoselo, encerrados en uno de los baños del ático, mientras se desabrochaban los pantalones y dejaban libre su deseo.

Al principio, cuando se acercó a él, no se imaginaba lo que David iba a suponer en su vida. Pero, conversando, Alejandro ya supo que estaba ante un chico especial, diferente a los demás. Le encantaba su manera de hablar, la forma en la que se tocaba la nariz o jugaba con los dedos, y su sonrisa. Por encima de todo, le encantaba su sonrisa. Una por la que cometerías cualquier locura.

Alejandro se imaginó lo diferente que habría sido su vida si, esa noche, David solo hubiera sido un polvo más. Siendo sincero, su intención era pasárselo bien con sus amigos y terminar follando en el baño de alguna discoteca, pero el destino le tenía preparado algo muy distinto y, a pesar de todo, no había habido un solo día en el que se arrepintiera de haber conocido a David. Sin darse cuenta, Alejandro se excitó pensando en él. Hacía mucho que no se masturbaba, que no sentía esa excitación que en ese momento le invadía el cuerpo. Al principio dudó, pero al final decidió desabrocharse el pantalón y dejó al descubierto una erección completa. Se sintió raro porque esa excitación se mezclaba también con la culpa. «No es nada malo», pensó. Tan solo una paja. Una de tantas... Se acercó el portátil y escribió en el buscador «vídeos porno gay».

Tras varios intentos, se decidió por uno en el que los dos chicos no tendrían más de veinticinco años. Se acomodó en la cama y, con el vídeo más o menos por la mitad, comenzó a masturbarse mientras uno de los jóvenes le hacía una felación al otro. Quince minutos más tarde, después de dejar que su excitación le cayera sobre el vientre, se metió en la ducha sintiéndose más aliviado.

Ya antes del fatídico día, David y él apenas mantenían relaciones sexuales. El cansancio de la rutina o las pequeñas discusiones diarias siempre eran la mejor excusa para no follar. Algunas veces era David el que se negaba cuando Alejandro lo buscaba por la noche, metidos ya en la cama. Otras veces era él quien rechazaba a David, bien por el cansancio del día o por el orgullo de haber sido el rechazado la noche anterior. Muchas de las discusiones las provocaba este motivo. Los dos acababan a gritos y echándose la culpa el uno al otro sabiendo que ambos la tenían.

En cambio, en alguna ocasión, era precisamente una discusión la que provocaba que se acostasen. La culpa y el deseo se juntaban y creaban un cóctel molotov que culminaba en un polvo furtivo en el sofá del salón, en el escritorio de David o en la mesa del comedor. Esas veces rememoraban todos los que habían echado en sus primeros años de novios, cuando follaban hasta en los probadores de una tienda de ropa o en los baños de un museo.

Los dos sabían que, con el paso del tiempo, el sexo pasaba a un segundo plano. Se pasaba de follar cada día a una o dos veces por semana, con suerte. Las preocupaciones, el estrés, el trabajo, la carga emocional o los problemas cotidianos acababan provocándolo.

«El amor da paso al cariño, y el cariño, al afecto», leyó Alejandro en una revista mientras esperaba a que lo atendieran en la peluquería. Un artículo que hablaba del matrimonio y de la duración del amor. Le había llamado la atención y, a pesar de que empezó a leerlo con recelo, acabó llevándose la revista al tocador. Tras pagar la cuenta y despedirse del peluquero, se fue a casa dándole vueltas al artículo que había leído. Su matrimonio había sido un reflejo de aquella columna.

Salió de la ducha con hambre y, como no tenía muchas cosas en la nevera, pidió una pizza. Se sentó en el sofá e hizo *zapping*. Después de probar en varios canales sin encontrar nada que le gustase, apagó el televisor y cogió el único libro que se había llevado con él a Barcelona diez años antes: *Ensayo sobre la ceguera*, uno que leyó durante su adolescencia y al que siempre le gustaba volver. Solía leerlo, como mínimo, una vez al año, y a pesar de hacerlo, una vez terminado, siempre se quedaba con la sensación de haber leído un libro diferente.

16

De: David Lavalle
Para: Alejandro Amez
Fecha: 3 de diciembre de 2028
Asunto: RE: Not About Angels, Birdy

Aquel chico que conociste desapareció el mismo día en que lo abandonaste para siempre.

David se pasaba horas delante de la pantalla decidiendo qué hacer. Contestar o no contestar. Borrarlo y hacer como si nunca lo hubiera recibido era la mejor opción, pero no era capaz de dar el paso. Alejandro sabía qué teclas pulsar para despertar algo en David, y lo estaba consiguiendo.

Él también recordaba esa fiesta en la que se habían conocido y lo nervioso que se había puesto cuando Alejandro se acercó a él. Recordaba su mirada penetrante, y con ella volvió a escuchar esa canción de Amaral...

Será tu voz, será el licor.
Serán las luces de esta habitación.
Será el poder de una canción,
pero esta noche moriría por vos.
Será el champán,
será el color de tus ojos verdes de ciencia ficción.
La última cena para los dos,
pero esta noche moriría por vos.

De pronto, el tiempo retrocedió más de veinte años y se vio a su lado, paseando de madrugada por las calles frías y oscuras de Santiago. Podía escuchar su voz y la frase que le dijo al oído y que, durante tantos años, rememoraba una y otra vez. Hacía años que no pensaba en esa noche, y en ese momento veía su rostro, sus ojos, sus labios moviéndose y pronunciando palabras sin voz, porque ya no la recordaba. Esa que lo acompañó en su vida había enmudecido en sus recuerdos.

A David le abrumaba pensar en todo lo que había pasado desde entonces. El tiempo, ese enemigo que juega en nuestra contra y nos hace olvidar lo que, en el pasado, parecía imborrable.

—¿Cenamos? —preguntó Pietro.

—¿Qué? —respondió David completamente ajeno a lo que ocurría a su alrededor.

—La cena ya está lista. ¿No tienes hambre?

Pietro llevaba varios días notando a David algo disperso, pero lo achacaba a la novela que estaba escribiendo.

—Sí, dame unos minutos —contestó seco David.

—Te espero en la cocina.

Tras la cena, ambos se echaron en el sofá y encendieron la televisión, y mientras Pietro se acomodaba con su lectura bajo el brazo, David comenzó a buscar algo interesante para ver. Tras varios minutos pasando de un canal a otro, y ya a punto de rendirse, se paró en seco en un canal en el que estaban reponiendo *A ciegas,* el filme protagonizado por Julianne More basado en la novela de José Saramago, esa que año tras año leía Alejandro. Se quedó unos segundos mirando la pantalla, dejándose perder por las escenas. Y pensó en Alejandro y en todas esas noches en las que los dos se metían en la cama, cada uno con su libro, y, en silencio, comenzaban a leer. A veces, uno de los dos interrumpía la lectura del otro para leerle en alto una frase que le había llamado la atención y sobre la que después debatían.

—Escucha esta cita: «Dentro de nosotros existe algo que no tiene nombre, y eso es lo que realmente somos» —dijo Alejandro mientras dejaba sobre la mesilla el ejemplar de *Ensayo sobre la ceguera* que le había regalado su padre—. ¿Qué crees que significa?

David reflexionó antes de contestar. Había perdido la cuenta de cuántas veces había leído Alejandro ese libro y, aun así, siempre había nuevas citas sobre las que reflexionar.

—Yo creo que habla de nuestros secretos. De esos que no le contamos a nadie y que son los que en realidad nos define como personas. «Todos guardamos un secreto bajo llave en el ático de nuestra alma», escribió Zafón en *Marina*. Yo siempre he creído que es verdad. Que hay una parte de nosotros que nunca mostramos a nadie y que es la que de verdad nos define. Y no creo que la escondamos por miedo, simplemente es porque todos necesitamos guardarnos algo nuestro para nosotros mismos. Sentir que somos los únicos dueños de esa parte. Protegerla para que nadie pueda corromperla. Contaminarla. Esa parte que, como bien dice Saramago, no tiene nombre, pero es la que realmente nos define.

En ese momento, Alejandro miró a su marido con curiosidad preguntándose cuál sería ese secreto que David guardaba solo para él.

—¿Tú me ocultas algo? —preguntó.

—«Todos guardamos un secreto bajo llave en el ático de nuestra alma» —respondió David repitiendo la cita.

Acto seguido, besó a Alejandro en los labios y se dio la vuelta para apagar la luz e intentar dormir.

David volvió al presente. Había comenzado a llover con fuerza y las gotas de lluvia repiqueteaban en los cristales. Apagó la televisión y se quedó unos segundos observando a Pietro. Se había quedado dormido con el libro abierto sobre el pecho. Se acercó a él y miró el título: *Las pequeñas memorias*.

Lo cogió y lo dejó sobre la mesa, besó a Pietro en los labios y se fue a la cama. Necesitaba poner fin al día y se durmió pensando en Alejandro, un fantasma del pasado que deambulaba por su presente.

17

De: Alejandro Amez
Para: David Lavalle
Fecha: 5 de diciembre de 2028
Asunto: RE: RE: Not About Angels, Birdy

Me destroza leer lo que me escribes, que me odies tanto.

Es cierto que fui yo el que te abandonó y se fue de nuestra casa. Mi intención era regresar, pero no encontré el camino de vuelta. Me perdí en mi propio dolor, en la culpa y, cuando quise darme cuenta, ya era demasiado tarde.

El tiempo ha ido muy rápido, pero en mi memoria se ha detenido. Y tú sigues siendo aquel chico del que me enamoré una noche de febrero hace casi tres décadas...

Ale

Santiago de Compostela, 2005

Los dos sabían que acabarían acostándose, pero los nervios y la vergüenza les hacían esquivarse las miradas y reírse entre dientes. Se metieron en la cama con el pretexto de ver una película y juntos, agarrados de la mano, comenzaron a jugar el uno con el otro en un pulso de pulgares que, poco a poco, los llevó a cambiar de postura y ponerse uno encima del otro. Fue Alejandro quien dio el primer paso y se abalanzó sobre David besándolo con fuerza y pasión, acariciándole el torso por encima de la camiseta. A pesar de lo que David pudiera pensar, estaba tan nervioso como él o incluso más. Se besaban con ganas y determinación. Incluso con hambre. Se dejaban invadir por ese instinto primario que nos vuelve salvajes e impacientes.

Al principio las caricias eran superficiales, pero pronto pensaron en ir un paso más allá. Romper la frontera de la ropa y tocar la piel del otro. Para sorpresa de Alejandro, fue David quien tomó la iniciativa y el que metió la mano por debajo de su camiseta para acariciarle el vientre y el torso provocando que Alejandro se excitase aún más. Los dos notaban la erección del otro en los muslos, pero ninguno se atrevía todavía a traspasar esa frontera. Tenían toda la noche por delante y querían estudiarse el uno al otro. Disfrutar de cada caricia. De cada centímetro de su piel.

Alejandro hizo lo mismo y, dejándose llevar, incorporó

a David hacia delante y le quitó la camiseta, a lo que respondió con la misma maniobra. Alejandro comenzó a besar el torso desnudo de David. Lentamente, iba posando los labios sin dejar un solo hueco por lamer. Con la mano derecha agarraba la de David y con la izquierda le dibujaba círculos sobre el ombligo, debatiéndose entre seguir más al sur o no. David gemía con cada beso de Alejandro, lo que le excitaba aún más. Al final, el deseo pudo con el pudor e hizo descender la mano. David cerró los ojos y se mordió el labio.

En un ataque de deseo, David se puso encima de Alejandro. Comenzó a besarle el cuello mientras con la mano derecha iba quitándole el bóxer liberando, así, su erección. Alejandro imitó a David y los dos se quedaron completamente desnudos y medio destapados por las sábanas. Se besaban con una energía renovada, con más ganas, con mayor excitación. David comenzó a bajar por el torso desnudo de Alejandro y se detuvo en su vientre; lo besó y lo lamió mientras le masturbaba. Alejandro se dejaba hacer, nervioso y consumido por un fuego que lo devoraba por dentro. Quería arder con David. Convertirse en un incendio. Quería lamer cada parte de su cuerpo. Necesitaba estar pegado a él, que fueran uno. Introducirse en su interior y que David se introdujera en el suyo.

En ese momento notó que David se llevaba su pene a la boca y el placer le arrasó todo el cuerpo. No pasaron ni treinta segundos cuando Alejandro se incorporó sobre su cuerpo y se puso encima de David haciendo que ambos tuvieran la cabeza a los pies de la cama. Lo besó con ganas, notando su propio sabor en la boca. Le mordió el labio con rabia provocando en David un gemido que no supo si era de placer o dolor. Pero no le importaba. Él quería más. Los dos querían más. Volvió a morderle el labio y, antes de que David pudiera reaccionar, se fue directo hacia abajo.

Se llevaron al extremo, al borde del éxtasis, para luego parar y continuar. Al final, ninguno de los dos pudo más y fue Alejandro quien decidió ponerse un preservativo y penetrar a David. Mientras lo hacía, no dejaba de besarle el cuello y los labios. Quería desgastarle la boca. Borrarle las grietas de los labios. Perderse en su garganta y volver a empezar.

David se dejaba llevar por el vaivén de Alejandro y así, en un baile que no duró más de unos minutos, los dos se corrieron juntos, Alejandro en el interior de David y este sobre su vientre.

Hacía mucho tiempo, demasiado incluso, que Alejandro no pensaba en esa primera noche con David, y en ese momento la tenía en la mente, tan vívida y real que podía notar en la boca su sabor.

Esa noche sellaron su amor dando comienzo a una historia que David quería olvidar. Le dolía profundamente la hostilidad con la que le respondía cada correo. Lo entendía, pero sufría por ello. Diez años es mucho tiempo. Se preguntaba una y otra vez cómo sería la vida de David. Se sentía al borde de un gran precipicio a punto de caer. El tiempo se había olvidado de él, lo había dejado estancado.

Todos hemos oído alguna vez a alguien quejarse de lo rápido que pasa el tiempo y de lo corta que es la vida, pero cuando uno tiene veintidós no le da importancia y piensa que aún falta mucho para llegar a los cincuenta. Con esa edad prácticamente encima, una sensación de vértigo se apoderaba de él y comenzaba a darse cuenta de que el tiempo jugaba en su contra.

Intentó recordar por qué había decidido mudarse a Barcelona y no supo encontrar el motivo exacto. Recordaba que su antiguo jefe se lo había propuesto a finales de aquel verano con el pretexto de que sería una buena idea cambiar de aires, pero Alejandro lo rechazó. No se veía capaz de dejar a David solo. Con el paso de las semanas, y ante la insistencia de su jefe, se planteó que tal vez sería una buena idea decírselo a David y proponerle que se fueran juntos, que dejaran Madrid atrás e intentaran empezar de cero, pero descartó esa idea casi de inmediato. Y a mediados de octubre su jefe volvió a sacar el tema.

—Alejandro, es una oportunidad única que creo que no deberías desaprovechar. Ya sé que podría mandar a otro, pero te quiero a ti para ese bufete. Me han pedido al mejor, y ese eres tú. ¡Piénsalo! De verdad, creo que un cambio te vendría bien. ¡Háblalo con tu marido! Tal vez sea vuestra oportunidad para empezar de cero y dejar todo lo ocurrido atrás.

Esa vez Alejandro sí comenzó a dar vueltas al asunto. La situación en casa ya era insostenible y cada día le costaba más estar allí. Su relación con David había llegado a un punto de no retorno, ya ni siquiera se veían. Cuando él llegaba, David se metía en su estudio y ya no salía de allí hasta al día siguiente, cuando Alejandro se iba al bufete. Al final, sin pensar mucho en las consecuencias y dejando a David de lado, decidió pensar única y exclusivamente en sí mismo y aceptó el puesto. Necesitaba escapar y así, por lo menos, no acabar odiando a David. Siempre intentaba llegar lo más tarde posible a casa para encontrárselo medio dormido en el sofá y no tener que hablar con él. Entrar con cuidado y no hacer mucho ruido e ir directo a la habitación.

Se había acostumbrado a irse solo a la cama y dormirse sin David en ella, pero al día siguiente siempre se despertaba con él a su lado. Al final, eso también terminó, y una mañana en la que abrió los ojos David ya no estaba. Pensó que se había levantado antes, pero cuando fue a buscarlo no lo encontró ni el salón ni en la cocina, por lo que fue a su estudio. Al principio se sorprendió al abrir la puerta y ver todas las persianas bajadas, pero cuando fue acostumbrándose a la oscuridad descubrió a David durmiendo en un colchón y cerró la puerta con cuidado.

En ese momento, Alejandro pensaba más que nunca en todas esas noches en las que durmió solo mientras David lo hacía en el suelo, y se arrepintió de no haber hablado con él. Esa mañana en la que lo encontró, debería haberle despertado y haber puesto fin a esa situación. Hablar directamente del asunto, sin tapujos. Poner nombre y apellidos a todo lo que les estaba pasando e intentar buscar una solución... Pero no fue capaz. Simplemente cerró la puerta y se fue un día más al bufete con la firme idea de aceptar el puesto en Barcelona e irse cuanto antes de allí.

Diez años después, seguía sin entender por qué no fue capaz de despertarle aquella mañana y decirle todo lo que sentía y pensaba, que ambos tenían que ser fuertes e intentar superarlo juntos. Que eran un matrimonio y que solo juntos podrían salir adelante. En vez de irse sin mirar atrás, tendría que haberse quedado a su lado, a pesar de los silencios, del dolor.

Ya era tarde, terriblemente tarde, y por mucho que intentara apelar a la sensibilidad de David hablándole del pasado, le estaba resultando imposible y se le agotaba el tiempo. Necesitaba convencerle para que aceptara ir a la finca con él y que desenterraran juntos la caja. Sin él no podría hacerlo.

18

De: David Lavalle
Para: Alejandro Amez
Fecha: 7 de diciembre de 2028
Asunto: RE: RE: RE: Not About Angels, Birdy

Alejandro, ¿por qué me haces esto? ¿No crees que ya me has hecho demasiado daño? ¿Por qué te empeñas en recordar nuestro pasado? ¿Qué quieres que te diga, que yo también me acuerdo de ti?

No puedo hacerlo porque me desgarra. Me desgarra recordar todo el dolor que sentí desde el día que me abandonaste. No te puedes ni imaginar lo que es perder a las dos personas más importantes de tu vida sin ninguna explicación.

En un segundo mi vida se desmoronó, y meses después tú

te fuiste haciendo que lo poco que quedaba de mí se hundiera todavía más.

No puedo permitirme pensar en ti, lo que me resulta imposible, porque cada día pienso en él. Todos los días de mi vida pienso en él, y eso me hace pensar en ti. Y cada día, durante unos minutos, lloro y grito. Sobre todo, grito.

¿Mis palabras te destrozan? A mí me destroza tu recuerdo.

David cerró el portátil de un golpe y lo guardó en el maletín. Recogió el resto de sus cosas y se fue del establecimiento dejando el café sin empezar. Se lanzó a la calle sintiéndose despreciable. En las últimas semanas, lo único en lo que pensaba era en todos esos momentos que rememoraba en los correos y se olvidaba por completo de todo lo demás. Una punzada de dolor le dobló el corazón, y tuvo que detenerse en mitad de la calle y apoyarse contra una pared. Estaba mareado y tenía ganas de vomitar. El dolor lo atravesaba como un puñal y sentía que cada una de sus extremidades lo abandonaba. Estaba a punto de desmayarse.

—¿Se encuentra bien? —preguntó una señora que pasaba a su lado.

David ni siquiera oyó la pregunta. Estaba completamente ido. Al final, las fuerzas lo abandonaron y sintió que su cuerpo se golpeaba contra el suelo. Dos hombres, junto con la señora que ya estaba allí, se acercaron y lo ayudaron a incorporarse. Un hombre gritó que alguien debería llamar a una ambulancia, lo que devolvió a David a la realidad.

—¡No! Que nadie llame a una ambulancia, por favor. Estoy bien, me encuentro bien. Tan solo ha sido un mareo sin importancia. Me pasa a menudo. Gracias a todos, de verdad.

Lo último que quería era acabar en la habitación de un hospital.

—¿De verdad que no quiere que llamemos a una ambulancia o a algún familiar? —preguntó la señora asustada.

—No, de verdad. Se lo agradezco, pero no es necesario. Estoy bien, ¿ve? Ya puedo levantarme sin problema. Un simple mareo, nada grave. Pueden irse tranquilos —insistió deseando que toda esa gente se fuera de allí lo antes posible. Lo único que quería era estar solo y volver a casa.

Al final, los dos hombres y la señora se fueron, no sin antes insistir en que debería llamar a alguien para que lo acompañase a casa por si volvía a ocurrir. David les dijo que vivía a tan solo un par de calles de allí, que se fueran tranquilos. Mintió. Estaba bastante lejos de casa, pero no le preocupaba. Tan solo había sido una bajada de tensión o un mareo momentáneo. Iría a casa andando, sin prisa. Serenando su estado de ánimo. Solo se había dejado invadir por el dolor.

Al llegar a casa, se tiró sobre el sofá. Cansado y muerto de frío, se echó una manta por encima y dejó que todo volviera a salir. Necesitaba llorar. Llevaba varios días acumulando tristeza. Apartando los malos recuerdos y forzándose a estar bien, pero su cuerpo había dicho basta. Tenía que dejarlo salir. Arrancar de sus entrañas a ese monstruo que lo devoraba por dentro. Durante horas, lloró y lloró, y cuando ya pensaba que no le quedaban más lágrimas, una nueva oleada de melancolía lo sacudía. Poco a poco, la pena dio paso al agotamiento y este acabó por sumirlo en un sueño profundo.

La lluvia comenzaba a caer y las pocas personas que paseaban en ese momento por aquella calle se resguardaban bajo los balcones de los edificios. El invierno llegaba con intensidad a Madrid. A un Madrid frío y seco, de calles abarrotadas, donde la gente camina con prisa, sin tiempo para pensar. Para frenar o respirar. Sin tiempo para vivir.

Y, mientras, un David exhausto, atropellado por su propio tiempo, dormía sobre el sofá de su casa sobre un cojín empapado y soñando con las manecillas de un reloj yendo hacia atrás.

19

De: Alejandro Amez
Para: David Lavalle
Fecha: 9 de diciembre de 2028
Asunto: RE: RE: RE: RE: Not About Angels, Birdy

David, siento todo el dolor que te he causado, pero te aseguro que estoy pagando por ello. No hay un solo día en el que no me arrepienta de haberme ido. Todo tendría que haber sido muy diferente. Nos merecíamos ser felices, pero nos arrebataron lo que más quisimos. Por eso te escribo.

He arruinado mi vida. En los últimos años, mis días se han convertido en una vorágine de lágrimas, soledad, dolor, miedo, rencor, vergüenza, asco y culpa. No busco tu perdón, sé que eso es imposible. Solo quiero que vayamos juntos a la finca y desenterremos la caja. Es algo que necesito hacer para poder avanzar. Algo que los dos debemos hacer.

Se lo debemos a él, David. Se lo debemos a nuestro hijo.

Ale

Tras mandar el correo se levantó del sofá en dirección a la ventana y se fijó en toda la gente que paseaba de un lado a otro sumergida en su propio mundo, pensando en sus propios problemas. Se imaginaba a todas esas personas como unas infelices. Agotadas por la vida y carcomidas por el paso del tiempo. Se las imaginaba como él. Desesperanzadas. La desgana se había convertido en su rutina y cada día era un auténtico tormento.

Sabía que la última frase del correo sería una bomba para David, pero no pretendía hacerle daño. Lo único que quería era que aceptara su propuesta y fueran juntos a la finca. Hablarle del pasado no estaba resultando y la idea de volver a verle era lo único a lo que se agarraba. A pesar de las respuestas de David, el hecho de que le contestara estaba resultando ser un oasis en medio del caos en el que se había convertido su existencia. Cada momento recordado le devolvía un poco más las ganas de vivir, de seguir adelante. El recuerdo del amor que los unió era lo que lo mantenía con vida. Era la chispa que encendía sus ojos. Era luz al final del túnel.

Quería salir adelante. Soñaba con hacerlo con David y, aunque sabía que eso era imposible, ese intercambio de correos era ya un hilo que estaba uniéndolos. De momento, muy fino, casi transparente, y podía romperse en cualquier instante, pero era lo único a lo que podía aferrarse.

La imagen de ese hilo invisible uniéndolo a David le hizo sonreír e imaginó a esos dos chicos acostados en la cama, con las manos entrelazadas y los torsos desnudos. Hablaban del futuro y soñaban despiertos. Acababan de hacer el amor por primera vez y sus mejillas aún estaban encendidas, como melocotones maduros. Uno de ellos hablaba de visitar museos y admirar grandes y famosas obras de arte. El otro decía que quería convertirse en un gran abogado. En uno de los mejores del país, y ganar importantes casos. Los dos se miraban. Se sonreían, aún nerviosos y algo avergonzados por lo que acababa de ocurrir. No lo sabían todavía, pero ya estaban enamorados. Esa noche, sin darse cuenta, se juraron amor eterno. Un amor que crecería con el tiempo y los convertiría en lo que eran.

Alejandro se fijaba en sí mismo. Podía reconocerse en el color de sus ojos y en el de su pelo. También reconocía la forma de su boca y el sonido de su voz, pero nada más. Ya no quedaba nada de él en ese chico que veía ahí tumbado. Ahora solo era una voz lejana. Un pasado mejor.

La vida pasa demasiado rápido. En un abrir y cerrar de ojos te conviertes en un adulto con responsabilidades. Una hipoteca. Facturas que pagar. Nuevas arrugas. Canas. Patas de gallo. De repente te da un gatillazo. Sufres estrés. Tienes la tensión alta. Dolores de espalda. Jaquecas. Migrañas. Tu marido te dice que roncas. Te aparecen lunares nuevos. Una mancha extraña. Un bulto del que desconfías y por el que vas al médico temiendo que sea un cáncer y que al final resulta ser de grasa. «Son muy comunes a esta edad», dirá el médico.

«El tiempo pasa», se dijo a sí mismo. Y a veces nos atropella. Sin darnos cuenta pasa por encima de nosotros como un huracán, devastándolo todo a su paso, levantando tejados y derrumbando diques.

«Un huracán de fuerza 5 atraviesa la vida de Alejandro Amez y lo destroza todo a su paso. Con vientos de más de 200 kilómetros por hora, se lleva por delante los últimos treinta años de su vida dejando a su paso un enorme reguero de desolación», dirán los titulares.

20

Las pinceladas dibujan el contorno de tres mujeres voluptuosas. De piel sonrosada y carnes redondeadas. Una de ellas, la del centro, está de espaldas al espectador, agarrando con el brazo derecho a una de sus compañeras, de melena larga y morena. La tercera ocupa el lado izquierdo del lienzo, de melena rubia y tez pálida, y ase con los brazos la figura central. Tres mujeres hermosas, canónicas y atemporales se abrazan las unas a las otras, sonrientes, conscientes de su belleza y sensualidad. Algunos dicen que bailan; otros, que conversan. Para David, *Las tres gracias* de Rubens muestra la belleza de la mujer en todo su esplendor. Una belleza que hoy en día puede parecernos irreal. Unos cuerpos carnosos y llenos de pliegues no son la imagen de la mujer bella en un mundo donde la delgadez ocupa un lugar privilegiado en el canon femenino actual. Aun así, para él, esas tres mujeres son las más hermosas que jamás haya visto. La naturalidad, las mejillas y los cuerpos son el ejemplo máximo del esplendor femenino.

Llevaba varias horas paseando por los pasillos del Prado. Perdiéndose entre las obras de Rubens y Velázquez. Dejándose embaucar por la belleza de los colores y las figuras que llenan las paredes del museo. Volvió a enamorarse de la Atenea de Rubens en *El juicio de Paris*, otro de sus cuadros favoritos, donde se narra el famoso juicio que provocó la guerra de Troya. Se quedó varios minutos admirando la belleza de las tres diosas: Hera, a la derecha, de espaldas al espectador y acompañada del pavo real; Atenea, a la izquierda, con el escudo gorgónico y el casco a un lado y la lechuza al otro; y Afrodita, la vencedora del juicio, en el centro, custodiada por dos amorcillos alados, rollizos como dos bebés recién nacidos. Las tres optaban al título de «la más hermosa», pero mientras Atenea ofreció a Paris la victoria en todas sus batallas y Hera el dominio de toda Asia, Afrodita, conocedora de los anhelos de los hombres, le ofreció el amor de Helena de Troya, considerada la mujer más bella. Paris no pudo negarse ante tal obsequio y le regaló la manzana de la discordia a la diosa del amor.

«Una historia fascinante que Rubens supo captar en su obra a la perfección», pensó David mientras dejaba el cuadro a sus espaldas.

También se detuvo delante de *El rapto de Ganimedes*, otro de sus predilectos de Rubens y uno de sus mitos preferidos. Le fascinaba la capacidad con la que el pintor había captado la esencia de todo el mito al centrarse en retratar el momento en el que Zeus, convertido en águila, rodea al joven y se lo lleva volando. Ganimedes se deja agarrar por el dios de los dioses y no opone resistencia. Lo que más le gustaba del cuadro y, a la vez, más angustia le provocaba era el rostro del muchacho. El artista había captado a la perfección la resignación de este al ser raptado por Zeus.

Una de las partes que más le gustaba visitar del museo era la de las *Pinturas negras* de Goya. En ella se exponían muchas de sus obras más famosas, como *Los fusilamientos del 3 de mayo*, las Majas, *El aquelarre* o *Saturno devorando a un hijo*. Fue delante de este último donde más tiempo pasó. Al principio lo observaba como otras veces, horrorizado y a la vez fascinando por la escena; Saturno devoraba a uno de sus hijos para que este no lo destronara. Goya muestra con horror y belleza a un Saturno gigante, de rostro esquizofrénico, llevándose a la boca el brazo de su hijo decapitado y medio desmembrado. Un cuerpo pequeño, pálido y ensangrentado. Un hijo ya sin vida que está siendo devorado por su padre. La escena traumatizó a David. Una escena que ya había visto numerosas veces en el pasado y que en ese instante le hacía sentir un dolor agudo en el pecho. Siempre le había provocado malestar esta obra, pero también fascinación, y siempre había sido capaz de ver la belleza en el horror de la escena, pero en ese momento no pudo estar allí más tiempo así que volvió al enorme pasillo principal donde se exponían las pinturas de Rubens.

David había decidido pasar la tarde en el Prado. Siempre le reconfortaba perderse entre sus pasillos y disfrutar de los colores vivos que inundaban las paredes de la pinacoteca, pero el correo que Alejandro le había mandado el día anterior no se le iba de la cabeza, por lo que le resultaba imposible disfrutar de la visita. En concreto, no dejaba de recordar la última frase.

¿Nuestro hijo? ¿Cómo se atrevía tan siquiera a mencionarlo? En diez años jamás había dado señales de vida y se atrevía a hablarle de su hijo. Alejandro estaba resultando ser más miserable de lo que nunca hubiera imaginado. Era tal la rabia que sentía en esos momentos que tenía ganas de gritar y salir corriendo del museo, pero decidió sentarse en uno de los bancos. Se fijó en *Las tres Gracias*, y a pesar de haberlas visto cientos de veces, le parecieron completamente diferentes que la última vez. Las tres mujeres se le antojaban hostiles. Sentía que se reían de él. Burlonas, dando vueltas sobre sí mismas, condenadas a bailar para toda la eternidad, festejando la felicidad eterna plasmada con cientos de colores y pinceladas. Veía los mismos cuadros y todos eran diferentes, habían mutado. Mientras paseaba por la sala de las *Pinturas negras* de Goya sintió que la oscuridad de las obras lo envolvía en una sensación de tenebrosidad. Frente a *Saturno devorando a un hijo*, el pánico y el horror se apoderaron de él y la devastación se extendió por cada centímetro de su piel.

Una mujer se sentó a su lado, acompañada de una amiga, y ambas comenzaron a conversar, a reírse. David no puedo evitar sentirse incómodo y hasta insultado. Allí estaba él, roto de dolor, y a esas dos mujeres no les importaba el sufrimiento que le devoraba el cuerpo. Así era la vida, ajena al resto del mundo.

A veces, cuando paseaba por la calle y miraba a la gente, observaba que todo seguía igual. La vida transcurría como si nada hubiera pasado, indiferente al dolor que sentía. Se enfadaba con la gente que iba y venía. Con el dependiente del supermercado, con la vecina del cuarto y con la del primero. Se enfadaba con todas las personas del mundo que seguían con su vida. Se enfadaba hasta con todas las personas que estaban en ese momento a su alrededor, visitando el museo, yendo de una sala a otra sin importarles que él estuviera ahí sentado sufriendo.

Quería levantarse y gritarles a esas dos mujeres que la vida era una auténtica basura. Que todo era dolor y tristeza. Que la risa es frágil y efímera y que la pena es como una sombra eterna que se instala en el corazón para no volver a dejar entrar la luz. Un fantasma errante que te invade el cuerpo y el alma para no irse nunca más. Eso era la vida. En eso se había convertido la suya desde que todo se había derrumbado en tan solo un segundo. Un segundo que cambió el transcurso de su vida y que en ese momento Alejandro se empeñaba en desenterrar.

Entendía su petición, pero no comprendía por qué se empeñaba en mencionar recuerdos del pasado. Un pasado que él mismo se había encargado de destruir. Un pasado perdido por su cobardía y egoísmo.

Cada vez que recordaba el día que llegó a su casa y encontró esa nota sobre la encimera, jamás imaginó que, diez años después, no hubiera vuelto a casa. Diez años en los que tuvo que luchar día tras día por salir adelante. No podía permitirle volver a su vida como si nada hubiera ocurrido. Todo era muy diferente, y él era feliz con Pietro.

«Pietro...», pensó. Con él todo era sencillo; no iba a poner su relación en peligro, y Alejandro suponía precisamente eso.

Durante los primeros años que siguieron a su marcha no hubo espacio para nadie más. Solo para el silencio, el dolor, la culpa y la pena. Pero Pietro consiguió derribar esa muralla poco a poco, con su paciencia y amor. Fue provocando algunas grietas, pequeñas roturas por las que empezó a colarse una luz tímida pero suficiente para iluminar de nuevo su camino. Un camino del que no quería desviarse.

Salió de museo minutos antes del cierre y llegó a casa. Se fue directo a la cocina y puso agua a hervir para prepararse un té caliente. Se sentó en la isla que ocupaba el centro de la cocina y comenzó a teclear en el móvil.

De: David Lavalle
Para: Alejandro Amez
Fecha: 10 de diciembre de 2028
Asunto: Sin asunto

Alejandro, mi respuesta sigue siendo no y lo seguirá siendo digas lo que digas. Me da igual que te empeñes en hablar de nuestro pasado y traer recuerdos que ya ni siquiera existen.

No puedo decir que sienta que lo estés pasando mal. Tampoco me alegra. Simplemente, me resulta indiferente. Me abandonaste y ahora es tarde para pedirme cualquier cosa.

¿Y utilizar a nuestro hijo para hacerme sentir mal? Eso es ruin.

No pienso ir a la finca contigo. ¡Grábatelo en la cabeza!

No volveré a responder a ninguno de tus correos. De hecho, ni te molestes en contestar este. No habrá respuesta alguna.

Adiós.

21

A los pocos meses de llegar a Barcelona, la única persona a la que Alejandro vio fue a su hermana Clara. Ella era la encargada de dar noticias suyas a sus padres y la única que habló con David para decirle que su hermano se había ido a Barcelona durante unos meses y que, cuando estuviera preparado, se pondría en contacto con él. Jamás imaginó que ese día tardaría tantos años en llegar.

Tirado en el sofá del apartamento, recordó la mañana que llegó a Galicia sintiéndose un fugitivo. Lo había ido a buscar su hermana Clara al aeropuerto. Durante el trayecto desde el aeropurto no hablaron mucho, tan solo del viaje y del trabajo en Barcelona. No fue hasta que dejó las maletas en la habitación de invitados cuando su hermana lanzó la primera pregunta:

—¿Has conocido a otro? —preguntó Clara apoyada en el quicio de la puerta.

—¡No, claro que no! ¿Cómo puedes pensar que abandonaría a mi marido por otro en una situación como esta? —respondió Alejandro visiblemente ofendido.

—¡Venga ya! Te conozco, hermanito, y no sería la primera vez que...

—¡No te consiento que digas eso solo por haber tenido un desliz en el pasado! Son dos situaciones completamente diferentes. Quiero a mi marido, y no te puedes hacer a la idea de lo que estamos pasando —contestó Alejandro interrumpiendo a su hermana antes de que siguiera por ese camino y acabaran teniendo una discusión.

Clara era la única persona a la que Alejandro le había contado la aventura que había tenido con Eric hacía más de seis años. Una aventura que duró poco más de un mes y durante unos días hizo dudar a Alejandro de su amor por David. Al principio solo habían sido un par de mensajes subidos de tono. Fotos semidesnudos y algún que otro audio. Su intención no era pasar de ahí, pero en aquella época David estaba sumido en su examen de oposición. Se pasaba todo el día en la biblioteca, desde las siete de la mañana hasta casi medianoche. Apenas se veían, y el poco rato que pasaba juntos solo discutían. No estaban en su mejor momento, y Eric fue un soplo de aire fresco para Alejandro. Un pequeño desvío. Un alto en el camino.

Finalmente se citaron en un hotel alejado del centro. Uno de esos hoteles preparados para ese tipo de encuentros. Con entrada desde el garaje a la habitación, sin necesidad de pasar por una recepción en la que poder tropezarse con algún conocido. Su idea era la de un polvo sin compromiso. Un encuentro esporádico con un cliente del bufete recién divorciado. Nada más que eso. Pero el deseo pudo más, y al final esos encuentros se convirtieron en una rutina semanal. Cuando no estaban follando en el hotel o en el apartamento de Eric, se mandaban vídeos masturbándose y audios susurrando lo que se harían el uno al otro en el encuentro siguiente.

—¡Perdón! No pretendía ofenderte, Álex. Lo único que quiero saber es por qué te has ido de tu casa y has dejado a David solo. Me cuesta entenderte. Siempre has sido muy impulsivo, te basta un solo segundo para cambiarlo todo —dijo Clara sentándose al borde la cama mientras su hermano deshacía el poco equipaje que había llevado.

Estaba preocupada por él. Hacía muchos meses que apenas hablaban, cuando antes lo hacían prácticamente a diario. Era cierto que no podía imaginarse el horror en el que se había convertido su vida y por eso quería entenderlo. Quería que se abriera y le dijera todo lo que pensaba y sentía. Que dejara salir toda esa ira contenida durante tantos meses.

—Me he ido porque ya no soportaba más ver a David y no conocerle. Nos hemos convertido en dos desconocidos que juegan al escondite en su propia casa. Las últimas semanas ni siquiera hablábamos. Él se encerraba en su estudio y hasta que yo no me iba al día siguiente, no salía de ahí. ¡No lo soportaba más, Clara! Mi matrimonio se había convertido en un silencio sepulcral. Cuando mi jefe me habló de ese puesto en Barcelona, al principio le dije que no. De ninguna manera abandonaría a David, pero cuando me lo repitió por segunda vez, lo pensé con detenimiento y, al final, vi la oportunidad como una vía de escape. Estoy convencido de que, si hubiera seguido más tiempo en casa, David y yo habríamos acabado odiándonos.

Alejandro se sentó al lado de su hermana, hundió la cabeza sobre su hombro y derramó las primeras lágrimas.

—Sabes que estoy aquí para todo lo que necesites. Siento mucho lo que estás pasando. Lo que ambos estáis pasando. No puedo imaginarlo. Y ojalá pudiera hacer algo. ¡Lo que fuera!

Clara dejó de hablar; mientras Alejandro daba rienda suelta a su dolor le acariciaba la nuca, como cuando eran pequeños y Alejandro iba corriendo en su busca porque sus padres le habían reñido.

—Por cierto, mañana comemos con mamá y papá.

Alejandro se levantó sin decir nada y se fue al baño a refrescarse la cara.

—¿A qué hora hemos quedado con ellos? —preguntó sin ganas.

Quería a sus padres y tenía ganas de verlos, pero una comida con ellos podía convertirse en un infierno. Nunca se habían entendido y, con el paso de los años, todas las decisiones de Alejandro habían sido una decepción tras otra para ellos. Desde el momento en que les confesó que era homosexual, su madre albergaba la esperanza de que fuera algo pasajero y que al final acabara casándose con una mujer, abogada a poder ser. La primera decepción llegó cuando les comunicó que él y David vivirían juntos, seguida años después del anuncio de su boda y la compra posterior de su nuevo apartamento. A esas alturas ya tenían asumido que no habría una mujer en la vida de su hijo.

Otra decepción fue la de su vida laboral. Su padre siempre había querido que se quedara en A Coruña y pasara a ser socio del bufete de abogados en el que él trabajaba, pero Alejandro había decidido trabajar en Madrid, lo que en un principio su padre no apoyó. Cuando ya se hizo a la idea de que no volvería a Galicia, insistió a su hijo una y otra vez para que montara su propio bufete alegando que a esas alturas, y con su experiencia, ya debería estar dirigiendo su propio despacho de abogados y no trabajando para otros, pero Alejandro siempre respondía que no era un buen momento, lo que decepcionaba todavía más a su padre.

Sin darse cuenta, el día había dado paso a la noche. Se levantó y fue en busca de su ordenador. El correo que David le había mandado hacía tres días lo dejó completamente desolado. Le pedía que no volviera a escribirle y que, de hacerlo, no recibiría contestación. Lo comprendía, no la merecía, pero, aun así, todavía albergaba alguna esperanza. David siempre había sido un hombre bueno, demasiado incluso. ¿Habría cambiado tanto en esos últimos diez años? «Al parecer, sí», se respondió a sí mismo Alejandro.

Y se encontró de repente en Roma, con él a su lado. Otra ciudad que había sido testigo de cómo ambos iban construyendo los cimientos de su relación, tan sólidos y fuertes como los del propio Coliseo. En ese viaje, David pudo admirar algunas de las obras de arte más importantes del mundo, como el *Apolo y Dafne* de Bernini, una escultura de la que se enamoró en su clase de Barroco y en la que ya no pudo dejar de pensar durante semanas.

Podía ver la cara de David admirando el mármol con su ejemplar de las *Metamorfosis* en la mano, recitando los versos que Bernini había esculpido. David le contó que Eros, enfadado con Apolo, le lanzó una de sus flechas de oro, las del amor. A Dafne, por el contrario, la alcanzó una de plomo cargada de odio, lo que originó así el famoso mito en el que el dios de las artes persiguió a la ninfa hasta que esta, desesperada, pidió a los dioses clemencia y fue transformada en un árbol de laurel, planta que se convirtió en uno de los tributos de Apolo.

La mitología era uno de los temas preferidos de David, y siempre que tenía oportunidad le narraba algunos pasajes. Le fascinaban las historias de los dioses griegos, ya fueran trágicas o románticas, y durante el viaje a Roma pudo ver cómo disfrutaba de cientos de esculturas y pinturas donde se representaban muchos de los mitos que Ovidio había plasmado en su famosa obra.

Con estos recuerdos en la cabeza, se armó de valor y decidió escribirle, aun sabiendo que tal vez nunca más recibiría una respuesta.

De: Alejandro Amez
Para: David Lavalle
Fecha: 13 de diciembre de 2028
Asunto: Apolo y Dafne

David, entiendo que tú no quieras volver a hacerlo, pero yo, sencillamente, no puedo. Llevo horas tirado en la cama y, sin darme cuenta, he terminado en Roma delante de *Apolo y Dafne*.

Entiendo que, de momento, tu respuesta siga siendo no. Pero aún faltan más de dos meses para su cumpleaños, por lo que espero que, para entonces, hayas cambiado de idea. Sabes que no te lo pediría si no fuera necesario.

No pretendo que respondas este correo, pero, si alguna vez me has querido, te suplico que de aquí a febrero me hagas saber que has cambiado de opinión.

¡Por favor, David! Hazlo por aquellos que un día escucharon *Only Time* mientras las olas rompían contra las rocas...

Ale

22

—¡Alejandro me fue infiel! —dijo David mientras se servía otra copa de vino blanco y Candela, la cena.

—¿Quién? —preguntó Candela extrañada y dudando de si había oído bien el nombre.

Habían quedado esa noche para cenar en casa de ella y llevaban un buen rato en silencio. Mientras terminaba de preparar las setas rellenas, él observaba la enorme librería del salón.

—Alejandro —respondió.

—¿Cómo que Alejandro? David, ¿de qué me estás hablando? —Candela no entendía nada, y eso era algo que la ponía muy nerviosa—. A ver, ¿me hablas de Alejandro o de Pietro? Es que no entiendo nada... —continuó creyendo que su amigo se había equivocado de nombre, lo que ya de por sí le parecía extraño.

—No. No. No... Alejandro. Hace dieciséis años aproximadamente. Justo cuando yo estaba preparando mi examen de oposición. Durante esos meses apenas nos veíamos. Me pasaba todo el día encerrado en la biblioteca, y los pocos ratos que compartíamos discutíamos por cualquier tontería. Una tarde en la que los dos estábamos en casa, mi ordenador decidió que era un buen momento para actualizarse durante horas, por lo que le pedí a Alejandro el suyo. Él estaba en el sofá con la cabeza metida en la pantalla de su móvil y con un simple gesto me dijo que cogiera su portátil sin problema. Me lo llevé para mi estudio y, cuando lo encendí, vi que tenía el WhatsApp abierto. No le presté atención y fui directo a mis cosas. El problema es que no paraban de aparecer ventanas emergentes que anunciaban nuevos mensajes, todos ellos de un tal Eric. Pensé que podría ser un compañero de trabajo, un cliente o simplemente un amigo. La verdad es que en ese momento estaba demasiado ocupado buscando lo que necesitaba como para ponerme a leer conversaciones ajenas. Nunca había desconfiado de él y tampoco me había dado motivos para hacerlo. Fue un mensaje en concreto, uno en el que ese tal Eric le decía que lo echaba de menos, el que provocó que todas mis alarmas se encendiesen. No quería entrar en la conversación, pero la curiosidad pudo más y lo hice. Comencé a leer en directo lo que mi marido le decía a un hombre con el que había mantenido una relación, al parecer, ya terminada. Eric le decía que entendía que tenían que dejar de verse, pero que no podía evitar echarlo de menos. Alejandro le contestaba que lo sentía mucho, pero que eso se había acabado y que como siguiera mandándole mensajes acabaría bloqueándole.

David dio un largo trago a su copa de vino y continuó hablando mientras Candela escuchaba atónita y se servía una segunda. La primera se la había tomado de golpe.

—Tan solo llevaban hablando unos veinte minutos, en los que se repetían una y otra vez lo mismo. Eric quería verle y Alejandro me amaba demasiado como para seguir poniendo en peligro nuestro matrimonio. Al final se despidieron. Eric con la promesa de no volver a molestarle y Alejandro amenazándole con bloquear su número. Mi primer impulso fue levantarme e ir al salón. Quería gritarle e insultarle. Pero me contuve. Cerré el portátil y me senté en el sillón. Necesitaba pensar...

—¿Pensar el qué? —preguntó Candela—. ¡No me puedo creer que me cuentes esto como si nada! Y lo sueltas así, tan tranquilo. No entiendo nada, David. ¿Cómo no se lo dijiste en su día? No te comprendo. Ahora mismo, yo no entiendo nada...

—Candela, no te ofendas por lo que voy a decirte ahora, pero tú engañaste a Carlos hace doce años y dijiste que, después de eso, te diste cuenta de lo mucho que le querías y le necesitabas. Me confesaste que después estabais mejor que nunca. Tal vez Alejandro pensara lo mismo después de esa aventura. Que era sexo sin más. Si hubiera sido una historia de amor, mi reacción habría sido completamente distinta. Yo nunca le he engañado, pero sí he mantenido alguna que otra conversación comprometida con otros hombres. Nunca pasé de ahí, pero deseé hacerlo. La única diferencia entre él y yo es que él sí lo hizo. Y, la verdad, no me parece tanta la diferencia. —David decía todo esto mientras sujetaba un ejemplar de *Las amistades peligrosas*.

—Tienes razón. Mi aventura con Romain hizo que me diera cuenta de lo mucho que quiero y necesito a Carlos, pero aun así...

David estaba en lo cierto, pensó Candela. El haber engañado a su marido con Romain, aquel francés tan guapo e irresistible que apareció un buen día en la galería de arte, le había roto todos los esquemas. Llevaba casada poco más de un año y su relación era perfecta. Pero, aun así, no pudo resistirse a los encantos de ese coleccionista de arte que le prometía paseos por París y visitas al Louvre en horario de cierre.

—No sé qué decirte, cielo. ¡Pero me parece fatal que no me lo contaras en su momento! ¡Soy tu mejor amiga, joder! ¿Cómo es posible que me entere de algo así dieciséis años después? ¿No lo has pasado mal? ¿Le dirás algún día que lo sabes? —Candela tenía demasiadas preguntas y muy pocas respuestas.

—No sé por qué no te lo conté antes. Ni siquiera sé por qué te lo cuento ahora. Me ha salido sin más.

—¿Sigue escribiéndote? —A Candela le daba miedo la respuesta.

—Sí, sigue haciéndolo. Insiste en que vayamos juntos a la finca. Quiere desenterrar la caja y pretende que lo hagamos juntos. —David pronunciaba estas palabras con un nudo en la garganta. Hablar de la caja le entrecortaba la voz y le encogía el corazón.

—Pero la caja...

—Lo sé, Candela, ¡lo sé!

—Te voy a ser muy sincera. No dejes que vuelva a tu vida. Estos últimos años has vuelto a sonreír, y desde que estáis con la historia esta de los correos vuelvo a ver en tus ojos una sombra que ya vi una vez, hace mucho tiempo. Por favor, David, ¡sabes que es lo mejor!

Candela estaba preocupada, muy preocupada, y no lo disimuló. David ya había sufrido demasiado en el pasado y no quería volver a verle hundido en el dolor.

Eran más de las dos de la madrugada y, de camino a casa, David cogió el teléfono móvil para leer el correo que le había llegado durante la cena. Se puso los auriculares y, mientras examinaba las palabras de Alejandro, dejó que sonara *Only Time*, la banda sonora de *Noviembre dulce*.

Alejandro seguía insistiendo en desenterrar la caja, en traer imágenes llenas de canciones, películas y ciudades que un día los unieron de por vida. Y recordó cuando acabaron al final del paseo marítimo de A Coruña y la lluvia los pilló desprevenidos y se refugiaron bajo un viejo mirador que ya no existe. Mientras la lluvia caía con fuerza y las olas rompían con rabia sobre las rocas, compartieron los auriculares. Sonaba *Only Time*, y fue en ese momento cuando se prometieron ver juntos la película si, alguna vez, la reponían en algún cine. La película volvió a las salas, pero ellos no llegaron nunca a verla.

Volvió a casa y se fue directamente al baño con la intención de darse una ducha caliente. Pietro dormía en el sofá con una nueva lectura bajo el regazo. Se acercó a él para darle un suave beso en los labios y taparlo con una manta, pero cuando estaba a menos de un milímetro de sus labios, se fijó en el libro que tenía entre sus manos: *84, Charing Cross Road.* Con cuidado, para no despertarle, se lo quitó de entre las manos y se lo llevó consigo.

En el pasillo lo abrió por la primera página y releyó la dedicatoria que Alejandro había escrito en él cuando tan solo llevaban un par de meses juntos. La releyó por segunda vez y se dejó caer sobre la pared exhausto y cansado. Cansado de los recuerdos, del tiempo veloz e infatigable, cansado de la vida que sentía que se le escapaba de las manos. Acarició las solapas con la mano y sintió el papel áspero, gastado por el paso de los años. «Las personas somos como los libros —pensó—. Nos gastamos».

Dejó el libro en el sofá al lado de Pietro, le dio el beso robado por los recuerdos de un viejo libro y se fue a la cama sabiendo que tardaría horas en pegar ojo. No tenía ninguna intención de responder el correo. Candela tenía razón, siempre la tenía; no podía dejarle volver a su vida, por lo que cogió su móvil con la intención de borrarlos todos.

Uno a uno fue seleccionándolos y, en el último momento, reparó en el asunto del último, *Apolo y Dafne*. No se había dado cuenta cuando lo leyó por primera vez y al verlo escrito...

Roma, 2006

—¡Mira, Alejandro! Fíjate en cómo sus manos se convierten en hojas de laurel. ¿No te parece increíble que alguien haya podido plasmar este mito en el mármol? —preguntaba David.

—Sí, ¡es increíble! —decía él sonriéndole.

—¿Crees que se puede amar tanto a alguien hasta el punto de querer dejarlo todo? — preguntó David pensando en el desdichado Apolo.

—Sí —contestó Alejandro observando a David—, ¡estoy seguro de que sí!

23

De: Alejandro Amez
Para: David Lavalle
Fecha: 18 de diciembre de 2028
Asunto: Deep End, Birdy

Veo que tu amenaza de no volver a responderme era cierta. Pero seguiré escribiéndote, aunque solo sea para que recuerdes por qué estoy haciendo esto.

—Hola, mamá, ¿cómo estás? —respondió Alejandro extrañado ante la llamada.

No hablaban muy a menudo y las pocas veces que lo hacían la conversación no solía durar más de cinco minutos. Eran, más bien, llamadas de cortesía.

—Hola, hijo. Estoy bien, ¿tú cómo estás?

—Yo bien, mamá. Todo lo bien que se puede estar en mi

situación. Tenía pensando llamarte entre hoy y mañana para comentaros a ti y a papá que estoy pensando en ir a Galicia dentro de unos meses.

Alejandro sabía que esta noticia los alegraría.

—Pero ¿qué me dices? ¡Qué gran noticia, Álex! —contestó visiblemente feliz.

—Me alegro de que te haga feliz, mamá. Tengo que dejarte. He quedado en breve —mintió, pero no le apetecía seguir hablando con su madre.

—Está bien, hablamos pronto. ¡Te quiero!

—¡Un beso, mamá!

Alejandro colgó sintiéndose mal consigo mismo. La relación con sus padres nunca había sido demasiado buena, y el hecho de que fuera homosexual siempre había sido una barrera entre ellos, lo que siempre había molestado a Alejandro y había sido motivo de discusión una y otra vez hasta que al final, y por sugerencia de David, acabó por rendirse y aceptar que nunca cambiarían. Le dolía, pero comprendió que ya no podía hacer nada más. David, por su parte, siempre se mostraba educado con ellos y nunca se quejó ante la situación, a pesar de que en más de una ocasión sus padres se habían pasado de la raya. Poco a poco, Alejandro fue alejándose más de ellos hasta reducir su relación a un par de llamadas mensuales que no duraban más de lo que se tarda en marcar un número de teléfono.

Por suerte, siempre había tenido a su hermana cerca.

Desde pequeños ella siempre había estado a su lado. Si se caía del columpio, era ella la primera en acercarse a él a ayudarle. Con ella aprendió a montar en bici y dio las primeras clases de conducir. Al crecer, su hermana fue la única que lo escuchó cuando empezó a hablarle de los chicos que le gustaban. Ella también fue la primera en saber de la existencia de David y era quien le daba consejos. Como hermana mayor siempre estuvo a su lado y, en ese momento, además de su hermana era su única amiga. A pesar de que en los últimos años se habían distanciado bastante, al igual que había ocurrido con el resto de los familiares y amigos.

A decir verdad, se había alejado del mundo, de la vida real. Su existencia se había reducido casi a la nada. No se relacionaba con nadie, y tan solo iba a Galicia una vez al año, dos o tres días, cuatro a lo sumo, en los que lo único que hacía era estar en su antigua habitación, en la que había crecido. Con su hermana hablaba una o dos veces al mes, y las conversaciones no solían durar más de media hora. Ella le pedía encarecidamente que se fuera de Barcelona y volviera a casa, pero él siempre se negaba, no se veía capaz. Otras veces se sentía tentado a regresar a Madrid, pero allí tan solo quedaban días no vividos.

Que David no hubiera contestado a su último correo estaba siendo más duro de lo que en un principio hubiera imaginado. Era algo que ya esperaba, pero en el fondo quería equivocarse, y a pesar de que le había pedido que no volviera a escribirle, volvería a hacerlo. No podía rendirse.

Tenían que abrir la caja y tenían que hacerlo juntos. Él solo no podía. No tendría sentido ir allí sin él. Tenían que estar los dos juntos, como dieciocho años atrás, cuando la enterraron con la promesa de volver allí juntos, con Elio a su lado.

El corazón se le hizo un poco más pequeño al recordarlo. Su rostro se le dibujó en la memoria, y un intenso dolor, punzante y frío, se instaló en él. Un día más, la pena ocupó todo su ser.

24

David salía del instituto cuando el móvil le notificó la entrada de un nuevo correo. Como le había prometido a su amiga Nuria, decidió ir y sorprenderla a ella y al resto de los compañeros con una vista a la hora del recreo. Tomaron café y hablaron de la nueva ley de educación y el preocupante aumento del fracaso escolar.

El día estaba despejado por completo y, aunque le llevaría más de una hora, decidió volver andando a casa. Se puso los auriculares y se dejó llevar por *Dreams* de The Cranberries.

Oh, my life.
Is changing every day.
In every possible way.
And oh, my dreams.
It's never quite as it seems.
Never quite as it seems...

Varias veces durante el trayecto se sintió tentado a coger el móvil, pero se frenaba a sí mismo. No quería leerlo. Le había dicho que no volvería a responderle y, a pesar de no haberlo hecho, Alejandro volvía a mandarle otro correo. ¿Para qué? ¿Qué más tenía que decirle? ¿Acaso no le había dejado claro que no quería volver a hablar con él? ¿Por qué se empeñaba en desenterrar la caja? ¿Qué esperaba encontrar allí? Tan solo provocaría más dolor, y David no estaba dispuesto a reabrir heridas que ya consideraba cerradas, al menos las que Alejandro había provocado. Las otras... Las otras jamás dejarían de sangrar.

Ya en casa, y con Pietro aún en el trabajo, decidió llenar la bañera. Hacía mucho que no se daba uno de sus baños relajantes con música de fondo y velas aromáticas. Le apetecía desconectar, pero sabía que eso era imposible. La presencia de Alejandro en su vida lo alteraba.

Se metió en la bañera y tardó unos segundos en acostumbrarse al agua caliente. Si Alejandro hubiera estado con él, le habría dicho que estaba hirviendo y que era imposible meterse en ella. Siempre que intentaban darse un baño o una ducha juntos, acababan discutiendo por culpa de la temperatura. A David le gustaba muy caliente; a Alejandro, tirando a tibia.

Durante los primeros años juntos, a ambos les daba

igual. Siempre se interrumpían mientras se duchaban. Se colaban en el baño mientras estaba el otro y acababan haciendo el amor contra la mampara de la ducha. Y daba igual si el agua estaba fría o caliente, lo importante era que estaban juntos. Piel con piel. Pero con el paso de los años, esas irrupciones acabaron por desaparecer ya que, al final, ninguno de los dos claudicaba respecto a la temperatura y, tras varios intentos por adaptarse, uno de los dos siempre acababa saliendo enfadado.

Se sumergió bajo el agua mientras los primeros acordes de *With or Without You* comenzaban a llenar el silencio del cuarto de baño y aparecía Elio en sus pensamientos. Salió de la bañera una media hora después, cuando el agua ya estaba a una temperatura que Alejandro hubiera considerado apta para darse una ducha. Se puso el pijama y se fue al salón. Pietro llegaría en menos de media hora y le apetecía estar a su lado, ver una película juntos y pedir algo para cenar. Necesitaba su compañía.

Pietro respetaba los silencios de David y siempre sabía cuándo debía preguntar y cuándo no. Cuando necesitaba un abrazo, él estaba ahí para dárselo y, por el contrario, si quería estar solo, respetaba su espacio sin hacer preguntas. Conocerle había sido un regalo, una segunda oportunidad que la vida estaba dándole y que no dudó en aprovechar.

De: Alejandro Amez

Para: David Lavalle

Fecha: 21 de diciembre de 2028

Asunto: If This Is It Now, Birdy

Últimamente escucho mucho a Birdy, como hacíamos cuando estábamos juntos, y esta canción en especial me ha hecho pensar mucho en ti.

> *But I hope your days are, filled with happiness*
> *And I hope my name never, taste of bitterness*
> *And I hope who loves you, knows what they found*
> *I have to learn to go without*
> *If this is it now.*

Ale

25

Él le había enseñado a ser paciente, romántico y atento. Con él comprendió que el amor va mucho más allá de momentos y escenas románticas. Con él supo que el amor es una fuerza unificadora que consigue que dos personas se embarquen en la travesía de una vida común, con todo lo que eso conlleva. Para lo bueno y para lo malo. Es algo que va mucho más allá de sentimientos y emociones. El amor hay que cuidarlo, tratarlo con mimo y esmero. Si no, acabará por desaparecer.

Con él o, mejor dicho, de él también aprendió que el amor nunca es suficiente para mantener una pareja a flote. Dos personas pueden amarse profundamente y, aun así, no estar juntas. Hay demasiados agentes externos que deterioran las relaciones. Estaban sintiéndolo en su propia piel. No dudaba de su amor por David, pero, en ese momento, no podía estar a su lado. «El amor es un lujo que no todos pueden permitirse», había leído una vez en un libro. Y era verdad. El amor no basta para que una relación funcione y perdure en el tiempo. Tan solo es uno de los muchos pilares que sujetan una pareja. El respeto, la confianza, la paciencia... Son solo algunos de ellos. Hay otros que van más allá de las emociones. Las expectativas matrimoniales, el ámbito laboral, la rutina sexual, la frustración social, la insatisfacción personal... todos ellos deterioran una relación y, sin que nadie se dé cuenta, la destruyen desde dentro. Como un virus infeccioso. Como una plaga de termitas que va comiéndose tu casa, de los muebles a las vigas, hasta que ya es demasiado tarde para salvar tu hogar.

Sin él había aprendido que la vida sin amor no tiene sentido. Que los días son siempre grises y que la luz que cada mañana entraba por la ventana y se posaba en su espalda desnuda no era la misma que a partir de entonces se posaba sobre sus sábanas. El sol era el mismo, pero no su brillo. Las canciones ya no sonaban igual y cualquier película era insulsa. Los libros que leía no le aportaban nada más que palabras vacías y los pocos museos que había visitado desde entonces tan solo eran lugares fríos de paredes yermas y obras de arte muertas.

Sin él en su vida, abrir los ojos cada mañana era comenzar otro día lleno de soledad y miedo. Dicen que todos nos encontramos en la soledad, o eso había escuchado alguna vez. Todos deambulamos atrapados en el espacio y en el tiempo, cada uno sumido en su propia desgracia. Muchos sufrimos, demasiados, pero eso no nos hace iguales. La soledad no une a los que la padecen, tan solo nos envuelve a todos en un mismo lugar, oscuro y vacío, sin principio ni final. Un hueco. Un agujero negro. Allí, en ese lugar, todos somos nadie.

De: Alejandro Amez
Para: David Lavalle
Fecha: 25 de diciembre de 2028
Asunto: All About You, Birdy

¡Feliz Navidad, David!

De: Alejandro Amez
Para: David Lavalle
Fecha: 1 de enero de 2029
Asunto: RE: All About You, Birdy

¡Feliz Año Nuevo, David!

Alejandro había decidido pasar la Navidad completamente solo, lejos de su familia. Su hermana había insistido en que fuera a casa, pero él se había negado. No tenía fuerzas ni ganas de pasar esas fechas cerca de sus padres.

David seguía sin contestar sus correos y, cada día que pasaba, Alejandro abusaba todavía más de los antidepresivos. Llevaba años tomándolos y, en alguna ocasión, había conseguido bajar la dosis, pero desde hacía varios meses no hacía sino aumentarla. Dormir se había convertido en una auténtica proeza, y las pocas horas que conseguía conciliar el sueño no eran suficientes para mitigar el cansancio acumulado ni el dolor constante en todo su cuerpo. Cada semana se veía más consumido. Apenas comía, y tan solo salía a la calle para hacer alguna compra o dar un pequeño paseo. Necesitaba que David respondiera a sus correos. Necesitaba verle y convencerle de que, juntos, desenterraran la caja.

«Año Nuevo, Vida Nueva. ¿A quién se le habría ocurrido semejante estupidez?», se preguntó. ¿Qué importaba acostarse en un año y despertarse en otro? ¿Acaso los problemas desaparecen durante esa noche? Él sabía que no.

De: Alejandro Amez
Para: David Lavalle
Fecha: 4 de enero de 2029
Asunto: «Attraversiamo»

Hoy hace 23 años que cogimos un avión con destino a Roma. Ya sé que recordártelo es absurdo e intuyo que tú lo has olvidado...

Sé que soy un egoísta por seguir escribiéndote cuando me pediste que no lo hiciera, pero, como ya te dije, es más una necesidad que un capricho. Los recuerdos del pasado y escribirte son las dos únicas cosas que me permiten seguir aquí, en este presente que se desdibuja a cada paso.

Ale

Alejandro envió el correo sabiendo que no llegaría a ninguna parte y regresó a ese día en el que celebraban su primer año juntos.

Santiago de Compostela, 2006

Habían quedado alrededor de las ocho de la tarde en el piso de Alejandro. David fue directo desde la facultad y, nada más entrar por la puerta, vio un camino de velas que iluminaba todo el pasillo hasta la sala de estar. De fondo sonaba *Nuvole Bianche*, de Ludovico Einaudi. Cuando entró en el salón, vio un enorme corazón de luz con una caja en el centro. Alejandro estaba a los pies del corazón sonriendo sujetando otra caja más pequeña. La música lo envolvía todo, y la luz de las velas proyectaba formas en las paredes y en el techo, formas que en ese momento Alejandro podía ver con perfecta claridad. Hasta podía escuchar los acordes del piano de esa melodía que tanto le gustaba a David.

Cuando llegó hasta donde Alejandro lo esperaba, se fundieron en un abrazo. Cuando se separaron, David abrió la caja y en su interior encontró una esclava de plata con dos inscripciones. En la cara exterior tenía grabados los nombres de los dos y, en la interior, la palabra *attraversiamo*. Al principio, David no entendió su significado, pero Alejandro le indicó que abriera la otra.

Con cuidado, deshizo el lazo que la rodeaba y dentro encontró otras tres cajas numeradas. La primera contenía un ejemplar de *Come, reza, ama*, de Elizabeth Gilbert, libro que contenía el significado de *attraversiamo*. En el segundo paquete, varias figuras como el Coliseo, la Luperca, la basílica de San Pedro y la Fontana di Trevi; y en el tercero, dos billetes a Roma.

Hacía más de diez años que Alejandro no escuchaba la voz de David y, aun así, la recordaba enumerando todos los museos, plazas, calles y puentes que visitarían. Podía verle acostado en su cama, esa en la que tantas veces habían hecho el amor; esa era la magia del tiempo, podía borrar de tu memoria recuerdos durante años, pero en un segundo podían regresar a ti.

Volvió al presente como quien regresa de dar un pequeño paseo y pensó en todas esas personas que dicen ser felices. Él nunca se había propuesto la felicidad como una meta, siempre había pensado que reside en el día a día, en el simple hecho de seguir viviendo. Con ella robada, le costaba mucho encontrarle el sentido. Nos enseñan a vivir a base de marcarnos retos y superar obstáculos, pero nadie nos dice qué hacer cuando se pierde. Cuando la vida te da el jaque mate y la partida termina pero tú ni tan siquiera te habías dado cuenta de que el juego había comenzado. Así se sentía Alejandro desde que él se fue de sus vidas, como un jugador sin tablero sobre el que colocar sus fichas. Un perdedor que ni siquiera había empezado a jugar.

Algunos viven felices toda su vida y a otros ni siquiera les da tiempo a aprender a decir «soy feliz». Unos se pasan la vida sufriendo y otros ni son conscientes de su propio dolor. «¿Dónde está el término medio?», se preguntó Alejandro.

28

Claro que lo recordaba todo. Cada segundo de aquel día. Podía sentirlo todo. La luz tenue que desprendían las velas; el sonido de la canción que sonaba de fondo; el olor de la cena a medio hacer en la cocina; el sabor de los besos de Ale; el roce de su piel en el abrazo que se regalaron el uno al otro...

Sentado en su viejo sillón, leyó los últimos correos que Alejandro había estado enviándole y ese último fue directo a la Ciudad Eterna en su memoria, donde pasearon de la mano por sus empedradas calles y se dejaron perder por sus callejones oscuros y estrechos, que siempre terminaban en imponentes plazas de obeliscos egipcios y fuentes barrocas en el centro.

David ya no podía quitarse de la cabeza el viaje a Roma. Se levantó y fue directo hacia el mueble situado al fondo del estudio. Abrió uno de los cajones y cogió la pequeña cajita donde guardaba las réplicas de monumentos romanos que Alejandro le había regalado. Sujetó entre las manos la miniatura de la Fontana di Trevi y cerró los ojos unos segundos como queriendo viajar al pasado. No tenía pensado contestarle, al menos por el momento, pero sí dejaría entrar los recuerdos; al fin y al cabo, ya no podía hacer nada para evitarlo.

Se vio paseando por las calles y deteniéndose en cada esquina cautivado por alguna estatua que le llamaba la atención, o delante de algún escaparate repleto de cachivaches y figurillas que tanto le gustaban a David y, por aquel entonces, también a Alejandro.

Fue en una de esas tiendas, con un enorme escaparate repleto de todo tipo de artilugios, desde esculturas de mármol a tamaño natural de la *Venus capitolina* hasta pequeñas copias de la *Piedad* metidas en bolas de cristal, donde compró varias figuras que representaban la *Venus capitolina*; *Apolo y Dafne*; *El rapto de Proserpina*, de Bernini; *Laocoonte...* Todas ellas adornaron el viejo apartamento que compartieron durante un tiempo en La Latina, pero, tras la mudanza al nuevo piso, nunca más salieron de la caja en la que David las guardó y donde todavía seguían.

Para Alejandro, pasaron de ser pequeños tesoros a simples «pongos» sin ninguna utilidad más allá de acumular polvo. En ese momento, David las veía como otra muestra más del deterioro de su matrimonio. Devolvió la figurilla al cajón y se dirigió al armario del pasillo. Rebuscó entre las diferentes cajas y bolsas de trastos acumulados a lo largo de varios años y encontró la que estaba buscando. La abrió con mucho cuidado y, poco a poco, fue desenvolviendo las diferentes esculturas. Las acarició con cuidado, casi con admiración, como si fuesen reliquias ancestrales. Seguían intactas, impunes al deterioro por el paso del tiempo. Decidió sacarlas de la caja y las colocó en una de las estanterías de su estudio, delante de varios libros y guías de viaje. Volvió a abrir el cajón donde acababa de dejar la Fontana di Trevi y la puso junto al resto. Dio unos pasos hacia atrás y se quedó un largo rato admirando su pequeña Roma particular.

El de Roma había sido, sin lugar a dudas, uno de los mejores viajes que habían hecho. París había sido especial, pero Roma desprendía una magia que no tenía ninguna otra ciudad en el mundo. Sus calles escondían un tesoro en cada esquina. Uno podía pasarse horas y horas callejeando, y, sin saberlo, habría visto más arte que entrando en cualquier museo de la ciudad. Esa era la magia de Roma. Toda la ciudad, en sí misma, era un enorme museo al aire libre. Esculturas, puentes, catedrales, calles, fuentes, obeliscos, iglesias, arcos triunfales, muros, parques y columnas conformaban una ciudad impertérrita. Una ciudad para perderse. Y no entre sus calles...

En Roma te perdías en ti mismo. Uno no pasea por las

calles de Roma, son ellas las que pasean en ti. Es Roma la que te visita. La que se pierde en tu interior. Cuando uno visita Roma, ya no vuelve a ser el mismo.

David recordó una tarde en la que salieron del hotel y se dejaron llevar por sus pasos. No tenían ninguna ruta programada. Su plan era echar a andar sin rumbo y que la conversación y los pies los llevasen a donde fuese. Más de tres horas después acabaron en las ruinas de las Termas de Caracalla, un enorme complejo compuesto por grandes muros, bóvedas y columnas. Mientras paseaban por su interior, David daba explicaciones a Alejandro. Señalaba aquí y allá, imaginando cómo habrían sido en su día. En muchos de los muros aún se podían admirar algunos de los mosaicos que decoraban el complejo, y mientras Alejandro sacaba algunas fotos, David no dejaba de imaginar el momento en el que el agua ocupaba la mayor parte del espacio, y los grandes políticos y filósofos de la época acudían allí a descansar del bullicio de la ciudad y departir sobre los problemas del Gobierno. Entre baños y vapores, se tomaron algunas de las decisiones más importante del futuro de Roma, y todo ello aún se podía sentir en las ruinas que visitaban miles de turistas.

Se pararon delante de un mosaico en el que se podía ver el rostro de un auriga, y David le contó a Alejandro que la palabra «mosaico» provenía de «musa», ya que los romanos, al igual que los griegos, consideraban que solo los que eran tocados por la gracia de estas podían ejecutar tan delicado trabajo.

Al final, y con tantos recuerdos en la cabeza, decidió sentarse frente al portátil y mandarle un correo. No sabía muy bien por qué y tampoco sabía qué iba a decirle; tan solo sentía la necesidad de hacerle saber que él también recordaba.

De: David Lavalle
Para: Alejandro Amez
Fecha: 7 de enero de 2028
Asunto: RE: «Attraversiamo»

Alejandro, yo también recuerdo, no hace falta que lo hagas tú por mí. No soy impermeable a la memoria y en mi cabeza también vive el pasado, pero eso no significa ni cambia nada.

Hace tiempo que dejé de aferrarme a lo ya vivido e intento pensar en el presente, en el mío. Un presente del que decidiste no formar parte.

Ahora, por mucho que me hables de Roma y París, no conseguirás nada más que hacerte daño, y también a mí.

¿Qué quieres que te diga? ¿Que fui feliz a tu lado? La respuesta ya la conoces, pero nuestra historia ya forma parte de otro tiempo y no tiene ningún sentido traerla de vuelta.

En correos anteriores decías que te odio, y no es verdad. Hubo un tiempo en el que sí, te odiaba, ¡y mucho! Ahora ya no. Cuando pienso en ti lo único que siento es melancolía. La vida nos ha tratado mal, ¡es verdad! Siento que en estos últimos años no hayas sido capaz de perdonarte y te hayas perdido en tu propio dolor, pero yo no puedo hacer nada.

Mi respuesta sigue siendo no. No desenterraré la caja contigo. Lo siento.

29

Nueva York, 2019

Alejandro aterrizó en el JFK pasadas las dos de la tarde y, ya con las maletas en su poder, se fue directo a coger un taxi. Era la primera vez que estaba en Nueva York y, a pesar de todo, no podía evitar estar emocionado ante las nuevas expectativas. Había oído muchas veces que, por muy lejos que uno se vaya, los problemas se van con uno mismo, y era verdad. El dolor y la culpa seguían, y Nueva York no iba a cambiar eso.

El taxista conducía por las carretas más anchas y saturadas de coches que jamás había visto. Mirara a donde mirara, veía coches y más coches, y sintió alivio al pensar que no tendría que conducir durante su estancia en la ciudad. Tras más de cuarenta minutos de trayecto, el taxista lo dejó delante de un enorme rascacielos de puro hormigón y cristal. Atravesó el portal con cierto respeto mientras le abría la puerta un portero de uniforme que le preguntó por su nombre y al piso que iba.

—Al número 14. Soy Alejandro Amez y viviré aquí los próximos meses —respondió entrando en el enorme recibidor.

—El invitado del señor Brown. ¡Bienvenido a Nueva York! Deje que le ayude con el equipaje, señor.

—No hace falta, gracias. Puedo yo solo —respondió deseando dejar al portero atrás y llegar cuanto antes a su apartamento.

Necesitaba prepararse para la reunión de esa tarde.

Cuando el portero, después de insistir varias veces, dejó las maletas en el recibidor del apartamento, se despidió de Alejandro con un saludo cordial y le dio, una vez más, la bienvenida a la ciudad. Alejandro echó un vistazo rápido al enorme apartamento y se rió entre dientes al recordar el anuncio del piso que había alquilado en Barcelona. Pensó que su casero debería ver aquello antes de poner en su anuncio que el piso que alquilaba era enorme, espacioso y luminoso.

Se asomó al ventanal y disfrutó de las espectaculares vistas que se extendían ante sus ojos. Enormes rascacielos salpicados por todas partes, algunos más altos que otros, separados por carreteras plagadas de coches y taxis amarillos yendo en todas las direcciones. Las calles estaban abarrotadas de gente que corría de un lado para otro como hormigas faenando. Se quedó unos segundos admirando la panorámica, viendo cómo la vida se movía sin descanso hacia todas las direcciones posibles. Millones de historias transcurrían tras ese enorme ventanal. Algunas felices y otras trágicas. Cientos de miles de personas que se movían de un lado para otro arrastrando su vida tras ellos. Soportando el peso del tiempo y de los años. Él tan solo era uno más entre la multitud. Arrastrando su propia vida y sujetando el peso de los días sobre la espalda. La vida, al igual que todo lo demás, tan solo es un trámite. Un camino. Un sendero con miles de bifurcaciones. Al igual que esas enormes carreteras, llenas de señales de tráfico que indican los cientos de desvíos posibles. La única diferencia entre esas carreteras y la vida es que en esta última no hay señales que indiquen el camino a seguir.

Se fue directo al baño y, tras superar el asombro ante la bañera que ocupaba gran parte de la estancia, se desvistió rápidamente y se metió en la ducha que había justo al lado. La bañera tendría que esperar. Estuvo bajo el agua más tiempo del que podía permitirse, pero necesitaba unos minutos para él. Estaba en Nueva York, en una ciudad nueva por completo y a cientos de kilómetros de David. A cientos de kilómetros de sus preocupaciones y problemas. Del dolor. Y sintió alivio.

A su vuelta de Nueva York, y con la carta de despido recién firmada, el mundo de Alejandro se desmoronó como un castillo de naipes sin que pudiera evitarlo. Aquella ciudad había supuesto una auténtica vía de escape, y los dos años que pasó inmerso en el caso apenas tuvo tiempo de recordar ni olvidar.

Su regreso supuso un impacto contra la realidad y el presente. Y la falta de actividad le devolvió todo lo que había estado acumulando en su interior. Una enorme onda expansiva que lo barrió todo a su paso. No se atrevía a volver a Madrid ni tampoco a Galicia. Durante semanas enteras pensó en llamar a David, pero en el último momento siempre se echaba atrás. No sabía qué decirle. Dos años sin ponerse en contacto con él eran imperdonables. Le echaba de menos, pero no era capaz de volver a su lado. Se decía a sí mismo que pronto lo haría, que lo llamaría, que volvería con él. Pero los días fueron pasando y se convirtieron en años. Años en los que se hundió en el dolor y se dejó abrazar por él. Cada jornada era una repetición de la anterior. Un sinsentido de horas tirado en el suelo de su apartamento, mirando al techo y consumiendo barbitúricos sin control.

Diez años después nada había cambiado. Su adicción por las pastillas era ya un problema serio, y la posibilidad de regresar al mundo laboral, una utopía. Cada vez que echaba la vista atrás y era consciente de lo ocurrido, se consumía todavía más. Combatir el problema con otro, esa era su mayor tortura. La vorágine en la que se había convertido su vida lo atrapaba en un remolino de fármacos, precariedad y dolor del que ya no sabía cómo salir.

Una de las cosas de las que más se arrepentía era que no se había llevado ni un solo recuerdo del piso que compartieron juntos. Ni fotos ni libros, nada... Tan solo una maleta llena de ropa. Durante años se preguntaba si David seguiría viviendo en ese piso o se habría mudado a otro, y qué habría hecho con todas sus cosas. «Seguro que las habrá tirado», pensó.

Lo único a lo que podía agarrarse era al convencimiento de que David aceptara acompañarlo a desenterrar la caja y así poder verle. Solo de esa manera sería consciente de su estado y, tal vez, aceptara ayudarle. El hecho de que le hubiera mandado un nuevo correo devolvió las esperanzas a Alejandro.

De: Alejandro Amez
Para: David Lavalle
Fecha: 8 de enero de 2029
Asunto: RE: RE: «Attraversiamo»

David, nuestro matrimonio se había convertido en un atolladero, un callejón sin salida en el que los dos íbamos en direcciones opuestas. Tan solo quería poner distancia, apartarme y encontrar mi perdón. Ahora sé que no tomé la decisión correcta, pero en aquel momento estaba desesperado y no soportaba ni un día más verte y no reconocerte.

Por una serie de circunstancias, me vi trabajando en Nueva York. Durante un tiempo me engañé a mí mismo creyendo que la vida me estaba dando una segunda oportunidad. Y me olvidé de que tú estabas en nuestra casa solo.

Pero ahora mi vida no tiene ningún sentido. Tendría que haber regresado, pero no lo hice. Y aquí sigo, atrapado en estas cuatro paredes vacías y viviendo una vida que no siento mía.

Quisiera saber si, al menos, uno de los dos es feliz.

Ale

30

David había salido temprano esa mañana. Después de varios días rodeado de gente, le apetecía estar un rato a solas, por lo que se fue a desayunar a uno de los cafés del paseo marítimo. Llevaba dos semanas en Galicia y, a pesar de que Pietro ya había vuelto a Madrid por trabajo, él había decidido quedarse unos días más.

Desde la mesa en la que estaba sentando podía ver el mar. Un mar en calma. Tranquilo. Allí, mientras le daba un sorbo a su café con leche, se dio cuenta de que ese mar era el mismo que bañaba las costas de Nueva York a miles de kilómetros de distancia. Alejandro había estado viviendo al otro lado del mundo y él ni siquiera lo supo.

Llevaba un rato con la pantalla en blanco delante, con la intención de responderle, sin saber cómo empezar. Su madre le había preguntado si seguía manteniendo el contacto con él, a lo que respondió que no. No le gustaba mentirle, pero no quería preocuparla. Dio un sorbo pausado a su café y cerró los ojos. Podía oír el sonido del viento y el alarido de las gaviotas. Si prestaba atención, también podía percibir el movimiento de las pequeñas olas rompiendo contra el muro del dique.

Pensando en Alejandro, recordó una mañana en la que ambos desayunaron juntos en ese mismo paseo, muchos años atrás, hablando de Roma. Ninguno de los dos conocía la ciudad, y se pasaron toda la mañana en la cafetería buscando diferentes itinerarios y planeando visitas a los principales museos de la ciudad. Anotaron todas las iglesias que David quería visitar, así como calles y plazas en las que había esculturas, fuentes y obeliscos que había estudiado durante la carrera.

Fue mientras esperaban el desayuno, cuando Alejandro había cogido la revista en la que un artículo hablaba sobre unos jóvenes que tuvieron la gran idea de recorrer las salas de un museo corriendo, imitando a los protagonistas de *Banda aparte*. El artículo decía que un grupo de estudiantes había entrado en los Museos Capitolinos y se habían lanzado a la carrera por las diferentes salas y pasillos imitando la escena de *Soñadores*, que, a su vez, imitaba la escena del clásico francés de la *nouvelle vague*, con la diferencia de que en ambos filmes el museo en cuestión era el Louvre.

David sonrió al recordar el día que, ambos de la mano, se lanzaron a la carrera por el interior del museo riéndose y olvidándose de que varios guardias iban tras ellos. Al final los cogieron y, en un italiano mal pronunciado, David los convenció de que todo era parte de un proyecto universitario. Obviamente no los creyeron y los echaron del museo entre gritos y empujones.

—¡Estamos locos! —dijo Alejandro sujetando a David por la cintura y besándolo mientras aún se reía.

—¡Fíjate en esta plaza! —señaló David—. La plaza del Campidoglio. Los primeros diseños son obra de Rossellino, pero, más tarde, el propio Miguel Ángel haría reformas en ella, al igual que Giacomo della Porta. Los tres arquitectos hicieron de esta plaza la cima de Roma y ahora podemos admirar sus tejados y cúpulas desde aquí. ¿No te parece perfecta? —preguntó mientras extendía la vista hacia la caótica ciudad.

David no fue capaz de volver al presente. Seguía pensando en esa tarde en la plaza del Campidoglio. Los dos estaban exhaustos y eufóricos tras la carrera por los pasillos del museo. Recordaba las risas y los ojos de Alejandro, llenos de brillo y magia. El sol se ponía coloreando todo el cielo de Roma de tonos rosados y anaranjados, y sus ojos cambiaban del verde intenso al aguamarina a medida que avanzaban por la plaza. Roma se extendía a sus pies, y los dos se habían sentado en la enorme escalinata a descansar y comentar el día transcurrido. Se miraban y se perdían el uno en el otro.

Hacía mucho que no pensaba tanto en Alejandro; le sorprendía haber olvidado tantos momentos. «El tiempo tiene ese poder —pensó—. Es capaz de hacer que nos olvidemos de todo, incluso de lo bueno. Pasa demasiado rápido y lo barre todo, hasta el amor que un día unió a dos chicos normales pero especiales el uno para el otro.

Ese amor se había esfumado de su corazón. Estaba enterrado en algún lugar muy profundo de su ser. Año tras año iba hundiéndose más y más hasta convertirse en un algo que ya no podía recordar. En eso se había convertido Alejandro, en algo casi olvidado.

Después de leer el correo, David pensó en la marcha de Alejandro. Decía que su intención no era irse para siempre, pero, entonces, ¿por qué no había regresado? ¿Por qué nunca contestó a sus llamadas o mensajes? Ya poco importaba todo eso.

De: David Lavalle
Para: Alejandro Amez
Fecha: 11 de enero de 2029
Asunto: RE: RE: RE: «Attraversiamo»

¿De verdad te importa saber cómo estoy ahora? ¿Acaso te molestaste en saberlo durante estos años? ¿O cuando estabas en Nueva York persiguiendo una nueva vida mientras me habías dejado en la estacada?

Estaba hundido, destrozado. Cada parte de mi cuerpo ardía de dolor; el sufrimiento me atravesaba la piel y se me clavaba en los músculos, en los huesos. A lo que ambos teníamos encima añadiste más, como quien aviva el fuego con más leña.

Los motivos llegan tarde, y me da igual lo que digas ahora. Es verdad que nos olvidamos el uno del otro, pero yo jamás te habría abandonado. Fue cobarde, y nunca podré perdonarte. Incendiaste mi vida, Alejandro. Ahora no pretendas venir a recoger las cenizas que dejaste a tu paso...

Es muy tarde para preguntarme cómo estoy o si soy feliz. Me consuela haber sobrevivido a tu huida y, aunque no me gusta pensar en el futuro, que es incierto y cruel, he aprendido a aceptar los reveses del destino. A vivir sin él.

No soy yo el que debe ayudarte, lo siento. Ya no queda nada aquí que pueda salvarte. Pero no te aferres al dolor, es adictivo, ni conviertas tu sufrimiento en una especie de rutina.

Te aconsejo que te olvides del pasado, no es un buen lugar para vivir. Él jamás lo habría querido.

31

Nueva York, 2019

Alejandro se levantó y vio los enormes rascacielos que retaban a las leyes de la gravedad y parecían querer arañar las nubes con las enormes antenas que coronaban sus azoteas. Pensó en David y en lo mucho que le gustaría que estuviera ahí con él. En otro tiempo, en otra época, se habrían lanzado a las calles con ganas de perderse entre la multitud y visitar museos, plazas, parques y librerías, al igual que en Roma y París. Y cuando pensaba en lo lejos que estaba de su hogar, no podía evitar sentirse triste por la distancia que lo separaba de toda su vida. Todo un océano se interponía entre él y su marido.

Miró su reloj y vio que aún era temprano, así que decidió coger el abrigo, la bufanda y dar una vuelta a la manzana. El cielo estaba completamente despejado, pero empezaba a oscurecer, y cada minuto que pasaba la temperatura descendía a una velocidad pasmosa. Desde que llegó, tenía ganas de despertarse una mañana y ver toda la ciudad nevada, pero hasta entonces aún no había habido suerte y, por el aspecto del cielo, esa noche tampoco nevaría.

Había oscurecido cuando Alejandro dobló la esquina para coger la calle que lo llevaría a su portal. El frío ya se hacía insoportable y calculó que debían de estar a unos cuantos grados bajo cero. Al llegar se prepararía un buen tazón de chocolate caliente y se pondría alguna película. A pesar de estar la mayor parte del tiempo ocupado, era imposible no pensar en David y en el daño que le estaba haciendo. Tan solo habían pasado ocho meses desde su marcha y, a pesar de la distancia, no se sentía mejor. Olvidar resultaba imposible. Cada noche se despertaba sobresaltado con el sonido de las ruedas derrapando sobre el asfalto. Noche tras noche revivía aquella mañana de febrero en la que en un solo segundo su vida cambió para siempre.

De: Alejandro Amez
Para: David Lavalle
Fecha: 11 de enero de 2029
Asunto: Ghost in the Wind, Birdy

David, no puedo decir nada a mi favor. No pretendo que me perdones ni tampoco que me ayudes. Sé que perdí ese derecho el día que cerré la puerta de nuestra casa sin mirar atrás.

Pero sí que me gustaría decirte que no volví a ser feliz. Que quise contestar a tus llamadas, pero que el miedo o la vergüenza me lo impedían siempre. Que no soy capaz de seguir, al menos no sin antes desenterrar la caja.
Queda poco más de un mes y necesito traerlo de vuelta.

Ale

32

De: David Lavalle
Para: Alejandro Amez
Fecha: 13 de enero de 2029
Asunto: RE: Ghost in the Wind, Birdy

¿Por qué pones en los asuntos canciones de Birdy? ¿Es una especie de juego macabro con el que hacerme todavía más daño?

David mandó ese correo escuchando la canción que ocupaba el asunto. La letra hablaba de alguien que suplicaba reencontrarse consigo mismo y volver a casa. Era evidente que Alejandro se sentía identificado con ella y con todas las que fue dejando en cada correo.

Las canciones de Birdy fueron una constante en su relación, las escuchaban juntos durante horas. Se sabían muchas de las letras de memoria, pero desde que Alejandro había abandonado su vida nunca había vuelto a escucharlas, ni las antiguas ni las nuevas.

La de este correo ni tan siquiera la conocía, pero sí la voz que lo transportó al pasado, y con cada verso un nuevo recuerdo le acudía a la mente.

> *Can someone tell me who I am?*
> *I haven't recognized myself in a while.*
> *And since you left I stay up everynight.*

Él y Alejandro tirados en la cama agarrados de la mano y mirándose el uno al otro.

> *Thinking if you were here,*
> *you put me right.*
> *I know*
> *I was stupid to let what we had go to waste.*

Juntos, paseando por la Alameda, cada uno con un auricular y compartiendo el paraguas.

> *Why does everything*
> *I love always get taken away?*
> *Ghost in the wind calling you to take me home.*
> *Ghost in the wind crying:*

Where do I belong?
Can anyone hear me now?

Dándose un baño a la luz de unas velas...

Demasiados recuerdos. Demasiadas emociones. Recordar estaba resultando un ejercicio demasiado doloroso. Le costaba visualizar todos esos momentos y no sentir un profundo vació en el pecho. Ya no era capaz de reconocerse en todas esas vivencias, de recordar todo ese amor que una vez sintió por él.

Recogió el portátil, pagó los dos cafés y abandonó el local en el que llevaba buena parte de la mañana. Afuera comenzaba a llover, y el viento provocaba olas cada vez más grandes que rompían contra las rocas que rodeaban al faro romano. Decidió darse prisa e irse lo antes posible a casa, ya que el cielo vaticinaba una fuerte tromba de agua que no tardaría mucho en descargar. Esa tarde cogería un avión de regreso a Madrid y aún tenía que preparar la maleta.

Caminaba bajo los soportales, resguardándose de la lluvia que cada vez caía con más intensidad. La poca gente que transitaba por las calles hacía lo mismo que él y buscaba refugio bajo los balcones. El cielo estaba oscuro, y David solo pensaba en ese océano que durante años lo separó de Alejandro. Un mar cada vez más embravecido, y se preguntó si en Nueva York tendría ese mismo aspecto. Si sería de ese mismo azul intenso y si tendría ese mismo olor a salitre que inundaba las calles de la ciudad vieja de A Coruña.

—¿Cómo estás, hijo? —preguntó su madre sirviéndose un té caliente

—Estoy bien, mamá. No te preocupes. He estado dando una vuelta por el paseo marítimo. No me imaginaba que acabaría cayendo semejante tormenta —dijo David mientras se secaba el pelo mojado con una toalla.

—¿Ya te olvidaste de que aquí el tiempo cambia de un momento para otro? —preguntó.

—La verdad es que sí. Ya no recordaba lo que era la lluvia en Galicia. Pero he de decir que siempre la he echado de menos. Me gustan las tormentas, sobre todo verlas caer sobre el mar. —Y no mentía. A David siempre le había gustado más el invierno que el verano.

—David, cariño. Todo en esta vida pasa. No te olvides de eso. Yo soy vieja y si algo aprendí a lo largo de todos estos años es que el tiempo lo borra todo, hasta el dolor. Perdí a tu padre demasiado pronto y ahora, tantísimos años después, no es dolor lo que siento al recordarle. En realidad, no sé decirte lo que es. No puedo explicarlo. Pero todo pasa, cariño. ¡Te lo dice una vieja! —Su madre se había acercado hasta él y le había cogido la cara entre las manos arrugadas.

Aún con los ojos llorosos, se fue a su antigua habitación a preparar la maleta. Rodeado de pósteres y estanterías llenas de los libros que tanta compañía le habían hecho en su infancia y adolescencia. Comenzó a recorrerlas deteniéndose en algunos de los libros que recordaba con más cariño: la saga completa de Harry Potter, la colección entera de libros de Gloria Fuertes, todos los de Nicholas Sparks y una buena cantidad de novelas de Stephen King y Agatha Christie. También se detuvo delante de algunos de los clásicos que había leído de joven, como *David Copperfield* y *Oliver Twist.* Libros que había olvidado y que tenía ganas de releer.

Se le hacía muy extraño estar en su habitación de siempre. Realmente el tiempo se había detenido entre esas cuatro paredes. Todo estaba tal y como lo había dejado. Los bolígrafos aún pintaban y los subrayadores aún se deslizaban sobre el papel. Le acudió a la mente todo lo vivido en esa habitación y le abrumó el paso del tiempo.

El tiempo... Últimamente pensaba en él de manera constante. Nunca le había preocupado, pero eso había cambiado. Era su enemigo, y tenía la sensación de que iba demasiado rápido. Y eso le asustaba. Tanto que no dejaba de pensar en lo que le había dicho su madre: «Perdí a tu padre demasiado pronto y ahora, tantísimos años después, no es dolor lo que siento al recordarle. En realidad, no sé decirte lo que es».

Él no quería sentir que el tiempo borraba sus recuerdos y se los llevaba. Simplemente, no quería olvidar. Olvidar significaba perderlo a él y eso era algo que jamás podría ocurrir. ¿Cómo podría olvidar la razón de su existencia? ¿Olvidar todo por lo que había luchado? ¿Cómo se puede olvidar lo que forma parte de tu ser? ¿Lo que te hace ser quien eres?

No, era imposible. David jamás podría olvidar. Jamás.

Se fijó en un viejo corcho colgado encima del escritorio y repasó todas las fotos que lo llenaban. Fotos con sus amigos de la infancia. Fotos con su madre y con su padre. Fotos del viaje de fin de curso. También había algunas entradas de conciertos y de cine. Recuerdos de su vida antes de irse a la universidad. Cogió una de las fotos en las que estaba con su padre y se sentó en la cama.

Ambos sonreían sentados en un banco, con la bicicleta de David apoyada en un lateral. Era una mañana de Reyes. Le habían regalado esa bicicleta y se habían ido a un parque cercano a estrenarla. Se dio cuenta de que en ese momento él tenía más años que su padre en esa fotografía, y una enorme tristeza lo invadió por dentro. No se había dado cuenta hasta es momento de que ya era más mayor de lo que su padre había llegado a ser. «La muerte se lo lleva todo», pensó. Decidió guardarla con la intención de llevársela con él a Madrid y enmarcarla. Cogió también un par de fotografías con su hermano y su madre, y las metió entre las páginas del libro que estaba leyendo en esos momentos. Quería enmarcarlas todas.

Oyó que su madre lo llamaba desde el piso de abajo para preguntarle si le apetecía tomar una taza de té o café. A gritos, le dijo que prefería el té y que bajaría en breve. Se asomó a la ventana y vio, a lo lejos, que el faro iluminaba el inmenso mar. ¿Llegaría algún rastro de esa luz al otro lado del Atlántico? Sabía que no, pero sonrió para sus adentros. «Después de tanto tiempo—pensó—, todo seguía igual: la lluvia, su habitación, las fotografías, el olor a café recién hecho, los gritos de su madre desde el piso de abajo, la colcha que su abuela le había tejido cuando cumplió diez años...». El tiempo se había detenido allí y todo parecía indicar que así seguiría hasta la eternidad.

—¿David? Llevo llamándote diez minutos desde las escaleras. Ya está el té listo.

Su madre acababa de entrar en la habitación y lo vio mirando por la ventana, con la cabeza apoyada en el cristal.

—Hijo, ¿estás bien? —preguntó posando la mano en el hombro de su hijo.

—No, mamá. No estoy bien...

David no pudo continuar la frase y se dejó caer sobre sus brazos llorando.

—Te sigue escribiendo. Es eso, ¿verdad?

—Sí, y yo le contesto. No puedo seguir engañándome, haciéndome el fuerte. Esto me está afectando mucho. Después de diez años aparece como si nada trayéndome recuerdos que creía olvidados y pidiéndome una y otra vez que vayamos a abrir la caja...

—Claro que eres fuerte. Lo demostraste hace mucho tiempo. ¿No te das cuenta? Hace años no podías ni levantarte de la cama, pero hiciste frente al dolor. Y le ganaste. Poco a poco lo conseguiste, y eso es porque eres fuerte, cariño. Más de lo que jamás hubieras imaginado. Además, ahora tienes a Pietro a tu lado, ¿no es así?

David se quedó callado pensando en lo que su madre le acababa de decir mientras ambos se sentaban sobre la cama. No se había parado a pensar en todo eso. Era verdad que luchó por salir adelante cada día. Sacó fuerzas, sin saber siquiera de dónde. Hizo un esfuerzo sobrehumano por seguir en pie y superarlo. Luchó contra el dolor. Lo apartó de su camino para poder seguir mirando al frente.

—Gracias, mamá. Por todo —dijo David mirando a su madre a los ojos.

La quería tanto que jamás podría llegar a demostrárselo del todo. Ella era su gran apoyo. Cualquier cosa que le pasara, buena o mala, siempre se la contaba a ella antes que al resto. No solo era su madre, era su mejor amiga. La mejor amiga que alguien podría tener. La admiraba más que a nadie en el mundo y, desde siempre, había sido el espejo en el que él se miraba.

—Nunca lo hubiera superado sin tu ayuda —prosiguió—. Tú fuiste mi gran apoyo y te doy las gracias por la paciencia que tuviste conmigo. Sin ti no lo hubiera conseguido. Y es verdad que ahora tengo a Pietro, no sé qué haría sin él. Es un hombre maravilloso.

—Lo es, y tú también. Ambos los sois, y os merecéis el uno al otro. Con respecto a Alejandro, haz lo que te dicte tu corazón. Los dos tenéis heridas que sanar, asuntos pendientes que debéis cerrar para seguir adelante. Dile la verdad, David. Dile que la caja...

David asintió. Sabía que su madre tenía razón, y tarde o temprano tenía que contarle la verdad a Alejandro. Él también era su padre, y tenía derecho a conocerla.

—El té ya estará frío —dijo dedicándole una media sonrisa a su hijo.

Con la manga del jersey, le secó las lágrimas de la cara. Se pusieron en pie y se fundieron en un abrazo lleno de ternura. David la abrazó de la misma manera que cuando era pequeño y corría hacia ella a la salida del colegio. Él siempre salía de los primeros, y, a pesar de que siempre lo esperaba apoyada en el mismo árbol, él la buscaba con la mirada hasta que la encontraba sonriéndole. Corriendo, se abalanzaba sobre ella como si llevaran separados una eternidad.

33

De: Alejandro Amez
Para: David Lavalle
Fecha: 13 de enero de 2029
Asunto: No Angel, Birdy

No, David. No es ningún juego ni pretendo hacerte más daño. Todo lo contrario, pero nunca sé qué escribir en los asuntos.

Ahora suena *No Angel*. La letra es muy triste, como casi todas las de Birdy, pero me gusta escuchar su voz. Me transporta al ayer.

> *Sometimes I wish we could be strangers,*
> *So I didn't have to know your pain.*
> *But if I kept myself from danger.*
> *This emptiness would feel the same.*

Ale

Mandó el correo mientras la canción volvía a sonar y, sin entender el porqué, abrió el ultimo cajón de su mesilla de noche. Apartó un par de papeles y, en una de las esquinas del fondo, lo vio. No había perdido su brillo a pesar de llevar encerrado diez años. Lo cogió con cuidado, como si pudiera romperse. Lo acarició con delicadeza y recordó el día en el que le entregó uno igual a David, muchos años atrás, en una ciudad cubierta de hielo y nieve.

París, 2009

París amaneció a un par de grados bajo cero. Esa mañana, Alejandro y David se levantaron tarde y, aún con el sueño en los ojos, se fueron a desayunar a uno de los cafés cercanos al hotel. No tenían ningún plan, tan solo coger el barco a las orillas del Sena a las cinco de la tarde. Tras el desayuno, pesaron por los jardines del Louvre y comieron en un restaurante cercano.

Eran las tres de la tarde cuando, mientras paseaban por el borde del río, decidieron acercarse a Shakespeare and Company. Ambos se dejaron perder entre sus libros llenos de historia y tiempo. David sacaba fotos por doquier y le contaba a Alejandro anécdotas y curiosidades de la librería.

Le habló de Sylvia Beach y del día en el que se topó con

la librería de Adrienne Monnier, La Maison des Amis des Livres. Desde ese momento ambas compartieron algo más que amor por los libros. Poco tiempo después, Sylvia abrió su propia librería, en la misma calle que La Maison, en la Rue de l'Odeón frente al Sena, y la llamó Shakespeare and Company. Desde el momento de su apertura, en 1919, la librería se convirtió en un punto de referencia para escritores e intelectuales de la época. Entre sus estanterías pasearon escritores como Ernest Hemingway, Francis Scott Fitzgerald, Ezra Pound o Henry Miller. Mientras subían al piso de arriba, le contó que Sylvia había puesto en un rincón una cama por si alguno necesitaba un lugar donde pasar la noche, y ambos se quedaron boquiabiertos al ver que seguía allí y que cualquiera que la necesitara podía usarla.

Le narró también la historia de James Joyce y su libro, *Ulises*. Cuando nadie quería publicarla, Sylvia se había hecho cargo del libro y ella misma asumió los costes de impresión y distribución de este. Fue ella misma quien cargó con todos los ejemplares, de más de setecientas páginas, a la oficina de correos para mandarlos a Estados Unidos bajo el nombre de *Las obras completas de Shakespeare*. James Joyce nunca le agradeció a Sylvia todo lo que esta hizo por él, y en cuanto recibió una oferta de una gran editorial, la abandonó sin remordimientos. David le contaba todo esto mientras sujetaba un ejemplar en francés del *Ulises*. Le habló de la primera vez que lo leyó, y le insistió en que debería leerlo.

«Nunca lo hice», se dijo a sí mismo mientras podía ver a David sujetando ese libro.

También le describió los años en los Shakespeare and Company cerró por culpa de la Segunda Guerra Mundial y Sylvia Beach fue detenida por los alemanes y enviada seis meses a un campo de concentración. La librería no volvió a abrir las puertas, a pesar de que Sylvia había vuelto a París, donde murió en 1962. Sería gracias a George Whitman, que había heredado el nombre para el establecimiento que abriría al borde del Sena en 1947, en la Rue de la Bûcherie, cuando Shakespeare and Company volvería a París. Ese París que juntos visitaron hacía tantos años y que, sin saberlo, se convertiría en un antes y un después en su vida.

—¿Te ha gustado la librería? —preguntó David mientras se sentaba en la mesa que el camarero les había indicado.

—Me has gustado tú en la librería —respondió Alejandro dibujando una sonrisa de medio lado en la cara.

—¡Prométeme que lo leerás! —dijo David señalando el libro que acababa de dejar sobre la mesa.

—¿Lo has comprado? ¿En qué momento? —decía Alejandro con tono de sorpresa mientras con la mano acariciaba las letras almohadilladas que daban forma al título: *Ulises*.

Con los postres sobre la mesa y mientras aún hablaban de la famosa librería y de los museos que visitarían en los días siguientes, una fuerte nevada comenzó a caer sobre París. David se levantó de un salto, lo cogió de la mano y los dos salieron a la cubierta del barco.

Sonriendo, David se apoyó sobre la barandilla y, con los brazos abiertos, lo invitó a unirse a él. Alejandro supo que ese era el momento perfecto. Se acercó a él despacio, jugando con el anillo que llevaba guardado en el bolsillo. Un pequeño anillo que, durante horas, sintió como una enorme piedra en los pantalones. Los nervios hacían que cada minuto el pequeño anillo pesara más y más.

—¡Sí, quiero! —respondió David, con lágrimas en los ojos, en el momento que vio que Alejandro sacaba el anillo del bolsillo.

—¡Pero si todavía no te lo he preguntado! —respondió riéndose.

—¡Pues pídemelo! —inquirió nervioso David.

—David, ¿quieres casarte conmigo?

—¡Claro que quiero! Hoy, mañana y siempre.

Y, con el anillo ya en el dedo, se abrazaron mientras la nieve cubría toda la ciudad.

Alejandro miró el reloj y vio que todavía estaba a tiempo de acercarse a una de las muchas librerías que salpicaban los alrededores de su apartamento. Salió del portal sin más abrigo que un jersey de lana y, tras caminar varios cientos de metros, entró en la primera con la que se topó y preguntó al dependiente por el *Ulises*. Después de que le hubiera enseñado varias ediciones, se decantó por la única en la que las letras del título sobresalían tímidamente de la cubierta.

De nuevo en la calle, y con el libro bajo el brazo, comenzó a desandar sus propios pasos. El frío era intenso, pero no le importaba; le recordaba a esa noche navegando por el Sena.

Deseó volver a ese momento y revivirlo otra vez. Soñó con retroceder en el tiempo y quedarse a vivir en ese recuerdo. Uno de sus preferidos con David. Había imaginado mil maneras de pedírselo y ninguna había sido tan romántica como la que finalmente vivieron en la cubierta de ese pequeño barco sobre el Sena con la nieve cayéndoles sobre la cabeza.

La nieve siempre le recordaba a aquella noche en la que salieron corriendo de la habitación de su hotel en París. Los ojos de David esa noche lo iluminaban todo.

Alejandro se había quedado mirándolos durante unos pocos segundos, suficientes para no olvidar nunca más su brillo. Un brillo especial e intenso. Infantil. Un brillo que rebosaba felicidad. Sus ojos sonreían esa noche en la que la nieve caía sin descanso sobre ellos.

De: Alejandro Amez
Para: David Lavalle
Fecha: 13 de enero de 2029
Asunto: No Angel, Birdy

Y los recuerdos me han llevado a aquella noche en la que me regalaste el *Ulises*. Supongo que esa edición seguirá en alguno de los estantes de tu estudio. Te prometí que la leería, pero nunca lo hice.

He ido a comprarme un ejemplar. Hoy lo empezaré...

34

De: David Lavalle

Para: Alejandro Amez

Fecha: 16 ene. 2029

Asunto: RE: RE: No Angel, Birdy

Son tantas las promesas que rompiste...

Podría haberle mencionado muchas de esas promesas rotas, pero no encontró ningún motivo para hacerlo. «¿Para qué?», pensó. ¿Qué importaba que no hubiera leído el libro? ¿Qué importancia tenía ya que nunca hubiera visto aquella película, o escrito aquella carta, o pintado la habitación del fondo...? ¿Qué importaban todas esas promesas vacías cuando la única que verdaderamente importaba también la había roto...? David se hacía estas preguntas mientras sujetaba entre sus manos ese *Ulises* que había comprado para él con la esperanza de que lo leyera.

Sin poder evitarlo, su mente viajó a ese barco que navegaba por el río salpicado de hielo. A su mente vinieron imágenes de ellos dos apoyados en la barandilla, abrazados y recién prometidos. Tenían el mundo a sus pies, y la felicidad parecía tan fácil, tan real, que podían tocarla con la punta de los dedos. Dos enamorados en el cenit de su amor, embarcándose en una vida juntos que, al igual que el Titanic, acabaría hundiéndose en las oscuras profundidades del océano.

París, 2009

La mañana siguiente la dedicaron a visitar el Orsay. La vista había sido un sueño hecho realidad, y el museo había superado sus expectativas con creces. Se había enamorado todavía más del mundo del arte. Siempre había fantaseado con admirar algunas de las obras que colgaban en las paredes de ese museo, y hacerlo con Alejandro a su lado fue mágico.

Habían pasado más de ocho horas recorriendo los mismos pasillos una y otra vez, y aunque pasara por quinta vez por delante de la *Olympia*, todas se quedaba boquiabierto y sentía que la veía por primera vez, y lo mismo le había ocurrido con las obras de Van Gogh y Monet.

—Es que no puedo dejar de mirarla. Es hermosa, ¿verdad? La tez tan pálida. Esa mirada tan serena y a la vez tan sensual. Parece que invita al espectador a unirse a ella.

La *Olympia* los miraba a ambos por sexta vez y David no podía dejar de enamorarse de ella.

—Amor, el museo cierra en breve. Creo que deberíamos irnos. Aún tenemos que pasar por el ropero a coger nuestras cosas y, a este paso, no nos va a dar tiempo.

Alejandro tenía cogido a David de la mano y tiraba de él. Tenían que irse.

—Sácame una última foto. Lo prometo, ¡es la última! —decía David mientras se colocaba delante del cuadro sonriendo, esperando a que su prometido lo fotografiara una vez más delante de la prostituta.

—¡La última y nos vamos! No quiero que tengan que venir a echarnos como ya nos pasó en los Museos Vaticanos.

Alejandro disparó un par de fotos desde su teléfono móvil e instó a David a que se fueran. David besó a Alejandro y, agarrados de la mano, recorrieron por última vez el pasillo central de camino al ropero. Antes de salir al vestíbulo, David echó la vista atrás para admirar una vez más la enorme sala principal antes de perderla de vista.

Un fuerte trueno sacudió todas las ventanas de la casa. David miró a su alrededor y se dio cuenta de que no estaba en el Orsay. Estaba en su estudio, sentado en su sillón, sujetando un libro viejo y gastado nunca leído por su lector. Un libro que pasó de una estantería de París a una en Madrid. Nunca debería habérselo comprado; por su culpa, ese libro jamás tendría a un verdadero lector que le diera el valor que se merecía. Todos los libros se merecen ser leídos al menos una vez en su vida. Si no, es como si nunca existieran, como si las palabras se quedaran encerradas entre las cubiertas, atrapadas entre las páginas nunca leídas. Escritas para morir en el silencio de un lector que nunca existió.

Alejandro no cejaba en su empeño, como si él no fuera capaz de recordar. No le necesitaba para recordar. Los recuerdos son como la sangre que corre por las venas, forman parte de uno y es imposible retenerlos en un lugar concreto. Circulan por nuestro cuerpo.

Recordaba perfectamente esa noche. Una noche mágica. Desde que comenzó a nevar, hasta que se durmieron abrazados. Cuando se apoyó en la barandilla del barco y abrió los brazos, lo único que esperaba era un abrazo bajo la nieve. Jamás hubiera imaginado que Alejandro fuera a sacar un anillo del bolsillo. Anillo que tardó demasiado en quitarse y que en estos momentos descansaba en el fondo de un cajón.

París, 2009

Cuando se despertaron a la mañana siguiente se quedaron un buen rato en la cama mirándose y sonriéndose. Eran los mismos de siempre, pero se sentían distintos. Habían dado un paso más.

Cuando bajaron a desayunar al restaurante del hotel y mientras Alejandro pedía dos cafés con leche y un par de cruasanes, David lo miraba desde la mesa sin dejar de tocar el anillo. Jugaba con él una y otra vez, y así se pasó los siguientes meses. Mirando el anillo constantemente, dándole vueltas alrededor del dedo.

Para esa mañana tenían programada la visita al Orsay y había preparado un listado con las obras que no podían perderse bajo ningún concepto. Entre ellas estaban la *Noche estrellada sobre el Ródano* y el *Autorretrato*, de Van Gogh; *El origen del mundo*, de Courbet; *El Ángelus*, de Millet, *Baile en el Moulin de la Galette*, de Renoir, y la *Olympia*, de Manet.

Recordó como si fuera ayer toda la visita. Estuvieron más de seis horas en el museo. Subiendo y bajando pisos, entrando y saliendo de las diferentes salas, recorriendo el pasillo central infinidad de veces, volviendo a ver una y otra vez las mismas obras... Durante los cuarenta minutos que estuvieron en la cola, le contó que el edificio se había construido entre finales del siglo XIX y comienzos del XX como una estación de tren para la Exposición Universal de París del año 1900, y que no fue hasta 1977 cuando se tomó la decisión final de adaptar la estructura del edificio a un museo.

Fue delante de la *Olympia* donde pasaron más rato. David tenía muchas ganas de ver ese cuadro desde que lo había estudiado en la carrera. Alejandro preguntó por qué esa obra era tan importante y él le explico el motivo mientras le sacaba varias fotos. A pesar del jaleo que había en esa sala por culpa de un grupo de adolescentes que debían de estar de excursión con el colegio, le contó que el cuadro se expuso por primera vez en el Salón de 1865 y que lo rechazaron de inmediato por representar a una mujer desnuda. Alejandro se quedó con cara de incertidumbre y, antes de que dijera nada, siguió explicándole que, en el mundo del arte, los desnudos estaban reservados para las diosas y las mujeres de la aristocracia, y lo que Manet había hecho en esa obra era representar a una prostituta.

En ese mismo salón se exponía otra obra, *El nacimiento de Venus*, del artista Cabanel, donde se podía ver a la diosa del amor tendida sobre unas rocas y desnuda. A diferencia de la *Olympia*, la crítica y el público alabaron esta pintura por la sencilla razón de que lo que en ella se representaba era a una diosa y no a una puta. Mientras le contaba todo esto, se dirigieron hacia donde se encontraba ese cuadro y los dos se quedaron unos minutos observándola. Ambos se miraron y, sin pronunciar palabra, se dijeron que preferían *Olympia*.

Sin saberlo, habían creado un recuerdo imborrable. Un momento que ni el paso del tiempo podría hacerles olvidar.

35

París, 2009

Se levantaron cuando todavía no había amanecido del todo. París aún medio dormía cuando salieron del hotel a las siete de la mañana para llegar lo más temprano posible al museo y evitar así las colas. Llegaron a la gran explanada del Louvre pasadas las ocho de la mañana y ya había una gran cola delante de la enorme pirámide de cristal. Mientras se colocaban en la fila, David comenzó a enumerar algunas de las obras que quería ver: la *Victoria de Samotracia*; la *Venus de Milo*; el *Escriba sentado*; la *Virgen de las Rocas*, de Da Vinci; *La libertad guiando al pueblo*, de Delacroix; *La gran odalisca*, de Ingres; *La balsa de la Medusa*, de Géricault, entre otras.

Se pasaron todo el día entre sus pasillos y pinturas, deambulando de un lado para otro, buscando cuadros de aquí para allá y sacando cientos de fotos en todas las direcciones. El museo era gigantesco y, miraras a donde miraras, esculturas y lienzos aparecían por doquier.

Cuando ya estaban en el recibidor del museo, los dos se quedaron abrumados ante las dimensiones del recinto. La luz del sol entraba a través de la gigantesca pirámide acristalada iluminándolo todo. El museo ofrecía tres posibles caminos, y decidieron comenzar por el Ala Denon, la que llevaba directamente a la gran escalinata presidida por la *Victoria de Samotracia*.

En cuanto la vio, desde el inicio de las escaleras, David ya no pudo parar de fotografiarla. Cada ángulo ofrecía una perspectiva diferente y, cuando llegaron arriba del todo y la vieron en lo alto del mástil de piedra, comprendieron por qué esa escultura despertaba tanta fascinación. David se acercó a Alejandro y le susurró la famosa frase de Cézanne al oído: «No necesito ver la cabeza para imaginar su mirada». Y cuando ya llevaban más de dos horas, fueron conscientes de que no podrían ver ni la cuarta parte de las obras que se exponían en él.

Fueron en busca de la *Venus de Milo*, y, al llegar, estaba rodeada de gente disparando fotos sin control. Mientras David se metía entre el bullicio, Alejandro se quedó en una esquina, observando la escena completamente atónito. Le llamaba muchísimo la atención la fascinación que la gente profesaba por esa escultura, al igual que con la *Mona Lisa*...

Todos con las cámaras en alto sacando fotos y más fotos, como si hubiera una estrella de cine allí delante. Mientras le esperaba, recordó la escena de *Soñadores* en la que Eva Green aparece apoyada en el quicio de la puerta con el pasillo al fondo totalmente a oscuras, vestida con unos guantes negros cubriéndole los brazos, el torso completamente desnudo y cubierta de cintura para abajo por una sábana blanca emulando a la *Venus de Milo*.

Una de las últimas pinturas que vieron fue *La gran odalisca*. De camino hacia ella, David comentó que Manet se había inspirado en ella para pintar su *Olympia*, tomando también como referencia a las Majas de Goya y a la *Venus de Urbino* de Tiziano.

Ya fuera del museo, después de haber visto el *Escriba sentado* y algunas obras más del antiguo Egipto, se fueron a un restaurante cercano a comer algo. Era su última noche en París y los dos se miraban sin decir nada. Aunque en realidad no les hacía falta hablar; ambos eran conscientes de que se iban de París con algo más que muchas fotos y un bonito recuerdo de la ciudad del amor.

36

De: Alejandro Amez
Para: David Lavalle
Fecha: 17 de enero de 2029
Asunto: Let It All Go, Birdy

Es verdad. He roto muchas promesas y no pretendo enmendarlas ahora, pero hay una que no quiero romper. David, estaré allí y te estaré esperando. Si no apareces...

Ale

Si no apareciera no sabría qué hacer. Seguía manteniendo la esperanza de que David cambiara de idea, pero el tiempo se echaba encima una vez más. Siempre el tiempo jugando en contra, atropellando a la vida, a las personas, atropellándolo a él.

La noche anterior había sacado un billete de avión para ir a Galicia con la firme intención de ir a la finca el día de su cumpleaños. Le esperaría todo el día si hiciera falta, anhelando verle llegar.

Necesitaba desenterrar la caja. Sabía que eso no iba a cambiar el pasado, pero sí su presente y su futuro. Esa caja era la una única manera de cerrar heridas. Unas heridas que llevaban demasiado tiempo abiertas supurando y sangrando sin cesar. Tenía que curarlas y dejarlas cicatrizar, y solo podía hacerlo con David a su lado, como habían prometido.

El día que enterraron la caja, con él en su regazo, tanto sus padres como la madre de David habían depositado en su interior ciertos objetos y cartas que hasta hoy seguían en su interior esperando el momento pactado para ser desenterrados. La idea era que la caja la abriera él mismo, pero eso ya no era posible. El destino rompió esa promesa y en ese instante, de alguna manera, quería enmendar ese fallo de la naturaleza, ese error imposible de subsanar.

Un segundo. En solo un segundo toda su vida se hizo añicos. En un abrir y cerrar de ojos ya era demasiado tarde. El impacto era inevitable y nada se pudo hacer. Luz y después oscuridad. Sus ojos se cerraron para siempre y, con ellos, toda la felicidad del mundo se detuvo unos instantes.

Esa mañana los dos iban de camino al Retiro con la

idea de pasar un par de horas allí, visitar el Palacio de Cristal y dar de comer a los patos. Pasear con las bicicletas por la avenida central y luego bajar por la cuesta de Moyano para comprarle algún libro a David. Otro ejemplar de *Orgullo y prejuicio* para su colección, o alguno de las hermanas Brontë.

Lo que jamás imaginó es que nunca llegarían al Retiro.

«La certeza de que la vida puede cambiarnos en menos de un segundo es abrumadora —reflexionó—. La fragilidad de la felicidad, la vulnerabilidad del tiempo. Espanta la idea de que todo lo que damos por sentado puede venirse abajo de un momento a otro. En un abrir y cerrar de ojos el cielo se convierte en infierno y las llamas devoran todo a su paso en menos de lo que dura un parpadeo».

Miró a su alrededor y vio que la vida se movía de un lado para otro. Personas que iban y venían, caras desconocidas que se burlaban de él sin saberlo. Algunas le sonaban de haberse cruzado con ellas por la calle o en el supermercado, pero nunca saludaba a nadie, ni siquiera a sus vecinos, a los que llevaba viendo hacía más de diez años.

No había hecho amigos ni había conocido a nadie especial. En Nueva York todo había sido diferente. Tenía buena relación con sus compañeros y con un par de ellos había llegado a entablar cierta amistad, pero todo cambió cuando él y su compañero regresaron a España con el caso perdido y despedidos. Al principio siguieron viéndose un par de veces, pero al cabo de dos semanas el contacto se terminó y nunca más supo de él.

Era consciente de que su vida era la de un enfermo. Adicto y sumido en una profunda depresión. Ya no sabía cómo tratar con el resto de las personas. Le molestaba el ruido que hacía la gente al hablar entre risas y palabras vanas. La vida se le antojaba hostil, ajena a él, y quería cambiarlo. Quería revivir, pero, para hacerlo, antes tenía que enfrentarse a su pasado, y este estaba en el interior de esa caja. Desenterrarla y liberarlo era el primer paso.

Caminó a su apartamento vacío y recordó los primeros años con David en Madrid y en su primer apartamento, tan pequeño como acogedor, y sintió nostalgia al pensar en el piso en el que vivía en ese momento, completamente vacío, desprovisto de vida. Cualquiera que entrara pensaría que la persona que vivía en él estaría de paso en la ciudad.

Pagaban un precio que no se podían permitir por un «salón-cocina», un baño minúsculo y una habitación en la que apenas cabía una cama y un armario. Cada semana, David llegaba con algo nuevo para decorarlo: un marco de fotos para las instantáneas de París y Roma, un cactus, un par de cojines nuevos para la cama y un par más para el sofá, otro cactus, una alfombra para el pequeño salón, otra foto enmarcada, más cojines, más cactus, y libros, muchos libros. Tantos que no cabían y debían tenerlos en cajas bajo la cama.

Fue David quien convirtió esos pocos metros cuadrados en su primer hogar. Eran felices y no les importaba subir seis pisos sin ascensor o no tener vistas a una plaza o un parque.

Daría lo que fuera por volver a esos primeros años, cuando la vida era más sencilla. Recién graduados, creyéndose invencibles. Los fines de semana los pasaban en el Retiro, tirados en el césped, enfrascados en sus respectivas lecturas, y de vez en cuando uno de los dos le robaba un beso al otro y, entre risas, dejaban los libros a un lado para multiplicarlos.

37

De: David Lavalle
Para: Alejandro Amez
Fecha: 17 de enero de 2029
Asunto: RE: Let It All Go, Birdy

Alejandro, no se trata de aparecer o no aparecer. Si todo fuera diferente, si hubieras hecho las cosas de otra manera... Pero ya es tarde, es tarde para ir a la finca, es tarde para desenterrar la caja, es tarde para reencontrarnos. Es tarde para recordar nuestro pasado, para revivir nuestra historia. Es tarde para escuchar las canciones. Y es tarde para él...

Demasiado tarde, Alejandro había llegado demasiado tarde y ya no quedaba nada de esa promesa rota por el tiempo. No tenía intención alguna de ir a Galicia y verle;

eso suponía dar un paso atrás y no podía hacerlo. Verle sería reabrir demasiadas heridas, agrietar su vida y provocar un derrumbe que no podría reconstruir.

—David, ¿va todo bien? —pregunto Pietro desde el quicio de la puerta.

Llevaba un rato observándole ensimismado en su mundo. Estaba acostumbrado a sus silencios y a su forma de ser, muchas veces ausente. Lo comprendía; el dolor dejaba huella en cualquiera, y más en alguien como David. Le rompía el alma saber lo mucho que había sufrido y no poder hacer nada para remediarlo.

—No, lo cierto es que no. Hay algo que debo contarte. En realidad, ya debería habértelo contado, pero no supe cómo... —David se levantó de la silla y se dirigió hacia él. Lo besó en los labios y, con un gesto, le dijo que lo acompañara al salón—. Alejandro me ha escrito. —Lo dijo sin rodeos. No tenía sentido andarse por las ramas.

—¿Y cómo le va? —Pietro se quedó unos segundos en silencio, analizando lo que David acababa de decirle.

Sabía quién era Alejandro y su historia con David, y también sabía todo el sufrimiento que le había infligido.

Así era Pietro. Un punto de equilibrio en un mundo completamente agitado. Acababa de decirle que su exmarido le había escrito después de diez años y lo único que le preguntaba era cómo le iba. Sonrió para sus adentros.

—Pues creo que bastante mal. Quiere que nos veamos

el mes que viene en Galicia... —respondió nervioso. No le había contado nada sobre la existencia de la caja y hablarle de eso en ese momento le ponía un nudo en la garganta.

—¿Para qué? —Pietro se preparaba una taza de té mientras escuchaba a David. Lo escudriñaba con la mirada y notaba su nerviosismo. Le ocultaba algo y no sabía cómo decírselo.

—Verás, hay algo que no te he contado nunca... —David respiró hondo antes de seguir hablando—. Vengo ahora. —David abandonó el salón desconcertando a Pietro. Este se apoyó en el marco de la ventana que unía la cocina con el salón y esperó a que volviera.

Al cabo de unos segundos, llegó con una caja metálica, oxidada y carcomida por el paso del tiempo. Pietro la observó desde la distancia, extrañado y curioso a la vez.

—¿Qué es eso? —preguntó mientras daba un sorbo al té con menta que acababa de prepararse.

—Alejandro me ha escrito para que vayamos juntos a una finca en A Coruña a desenterrar esta caja. —David temblaba mientras decía esas palabras.

Dejó la caja sobre la mesa y se sentó en el sofá frente a ella.

—¿Esta caja? —dijo Pietro tocándola con la punta de los dedos—. Creo que voy a necesitar más información...

David miraba a Pietro y luego la caja. No sabía por dónde empezar. Le temblaba todo el cuerpo y un sudor frío le recorría la espalda. Pietro se sentó a su lado, dejó la taza sobre la mesa, al lado de la caja, y lo abrazó.

—David, tranquilo. No tienes que contarme nada que no quieras. Si deseas reunirte con él, hazlo. Seguro que tenéis mucho de qué hablar después de tantos años... Yo estaré aquí, a tu lado, siempre.

Mientras decía esas palabras, pudo notar que David comenzaba a llorar sobre su hombro, y lo abrazó con más fuerza. Temblaba como si estuviera muerto de frío.

—Tranquilo... Estoy aquí... —repetía una y otra vez mientras seguía rodeándolo con fuerza.

David se separó de sus brazos al cabo de unos minutos. Se levantó y se dirigió a la ventana. Le habría gustado que hubiera estado lloviendo, pero el cielo estaba despejado. Y desvió la mirada hacia la caja.

—Hace dieciocho años... —comenzó David—, cuando Elio llegó a nuestra vida, se nos ocurrió la idea de meter en una caja algunos objetos y cartas con buenos deseos para él. No solo Alejandro y yo, también mi madre y sus padres contribuyeron. No recuerdo de dónde sacamos la idea, creo que la vimos en alguna película o leído en algún libro. Supongo que eso es lo de menos. —David hablaba con rapidez, nervioso—. La caja, o sea, esa caja que tienes ahí delante, la enterramos juntos en una finca de mi familia con la intención de que, cuando Elio cumpliera dieciocho años, ambos lo lleváramos allí y, como regalo de cumpleaños, la abriera y pudiera ver lo que su familia metió en su interior.

—Es una idea hermosa —dijo Pietro algo conmocionado por lo que David acababa de contarle—. Entiendo que Alejandro no sabe que la caja ya no está en la finca.

—Así es —respondió David mientras se sentaba a su lado, de nuevo frente a la caja—. ¿Recuerdas cuando, hace tres años, fui un par de meses a Galicia a cuidar de mi madre cuando se rompió la cadera?

—¡Sí! —Pietro estaba intrigado.

Era evidente que David ya había desenterrado la caja, pero quería saber qué le había llevado a hacerlo.

—Una tarde, mientras mi madre descansaba, me acerqué a la finca. Al principio no tenía intención de desenterrarla, tan solo estar allí y pensar, pero... —David no pudo continuar y, llevándose las manos al rostro, rompió de nuevo a llorar—. No sé por qué lo hice. Pero lo hice, la desenterré con mis propias manos. Algo se apoderó de mí en aquel momento y, cuando me di cuenta, ya tenía la caja en las manos. Llovía mucho y la tierra estaba relativamente blanda, no fue difícil llegar hasta ella... —David hablaba entre balbuceos mientras Pietro le secaba las lágrimas que le invadían la cara.

—¿La has abierto? —preguntó.

—No, nunca he sido capaz. Lo he intentado un par de veces desde que la tengo, pero nunca he podido. Algo me frena. Me siento fatal. Alejandro es su padre también y en el fondo creo que lo he hecho para castigarle por lo que me hizo a mí... También me siento así por no habértelo contado antes. Lo siento, Pietro; tenía que haberte dicho que Alejandro me había escrito, y que desde entonces estamos intercambiando algunos correos...

David había vuelto a levantarse y daba vueltas de un lado para otro nervioso y hastiado. Le estaba costando mucho mantenerse tranquilo.

—David, *caro mio*. ¡Mírame! Me lo estás contando ahora, eso es lo único que importa. Y lo haces porque es cuando tu corazón te pide que lo hagas. No te sientas mal, no tienes motivos. Y tampoco te sientas mal por Alejandro, tendrá que comprenderlo...

Pietro se levantó y se puso frente a él para decírselo a los ojos. Era evidente que, en esos momentos, David era un mar de incertidumbre y tenía demasiado en lo que pensar.

—Te quiero tanto, Pietro. Me has salvado la vida y lo sigues haciendo. No sé qué haría sin ti.

David se dejó caer de nuevo en él y se fundieron en un abrazo sincero y lleno de calma.

Después de habérselo contado todo a Pietro y tras haberse dado un baño, David se sentía más ligero, como si fuera el mismísimo Sísifo y se hubiera quitado un enorme peso de encima.

Mientras buscaba en su maleta, aún sin deshacer, vio el libro en el que había guardado las fotografías que había cogido de su antigua habitación; lo sacudió sobre la cama y las dejó caer, cogió la de su padre y se quedó un rato mirándola...

La foto había sido tomada tan solo tres meses antes de su muerte. David estaba en segundo de Bachillerato y su muerte fue una sacudida tremenda para todos. Un terremoto que hizo tambalear todos los cimientos de su familia. Su madre se sumió en una profunda depresión y su hermano se enfadó con el mundo. Él iba y venía de aquí para allá. Se refugió en los estudios y deseó más que nunca terminar el curso e irse a estudiar lejos.

El día de su muerte, su hermano y él estaban solos en casa; sobre las ocho de la tarde, su tía, la hermana de su padre, los llamó para decirles que estaba de camino a su casa para recogerlos y llevarlos al hospital. Su padre había empeorado y lo más probable era que no pasara de aquella noche.

Su madre ya estaba allí cuando llegaron y les dijo que su padre quería despedirse de ellos. Cuando entró David, después de su hermano, se quedó apoyado en el borde de la puerta observándolo. Su padre siempre había sido un hombre fuerte y verle allí, tan delgado y rodeado de máquinas y tubos, lo sobrecogió. Parecía que una simple ráfaga de viento podría con él.

Se sentó al borde de la cama y lo cogió de la mano. Se miraron largo rato sin decirse nada. No hacía falta. A veces las miradas hablan más que los labios y son más sinceras.

Se abrazaron y permanecieron así hasta que su madre y su hermano entraron en la habitación. Los cuatro se quedaron allí con él, cogidos de la mano, hasta que su corazón dejó de latir...

A la muerte de su padre hubo que añadir la profunda tristeza de su madre. A David le partía el alma verla así y no poder hacer nada por ayudarla. Apenas salía de su habitación, y las pocas veces que lo hacía era como una sombra.

David deseó más que nunca terminar el curso e irse lejos de allí. Durante unos meses pensó que esa situación jamás cambiaría y que su madre se quedaría sumida en la depresión para siempre, pero poco a poco, y con el paso del tiempo, las cosas fueron mejorando. Al final, el tiempo hizo su trabajo y el dolor fue dando paso a la resignación, y esta, a la aceptación.

—¡*Caro mio*, la cena ya está! —gritó Pietro desde el pasillo.

—¡Ahora mismo voy! —David observó el rostro de su padre una vez más y colocó la foto en su mesilla apoyándola en uno de los marcos que había encima.

38

De: Alejandro Amez
Para: David Lavalle
Fecha: 18 de enero de 2029
Asunto: Comforting Sounds, Birdy

No es tarde, David. Es cuando tiene que ser.

Sé que es tarde para nosotros y no pretendo volver a tu vida como si nada. Sé que es tarde para rememorar nuestra historia y sé que es tarde para nuestro reencuentro, pero no para ir a la finca. No hay otro momento, David. Es su decimoctavo cumpleaños...

Si vienes, cumpliremos la promesa que un día hicimos en presencia de nuestras familias y de él. Si no vienes, los dos le estaremos fallando.

Ale

Tras mandar el correo, se fue a su armario y rebuscó entre las prendas de ropa y algunas cajas hasta que notó el frío metal en las manos. Agarró el objeto y lo sacó de la oscuridad. Con el carrusel en la mano, Alejandro se imaginó dándoselo a David. Tenía la idea de esperarlo con él. El día que lo compró se prometió a sí mismo que se lo daría en mano, y era otra promesa que estaba dispuesto a cumplir, aunque también fuera tarde. Llevaba demasiados años guardándolo en el fondo del armario. El paso del tiempo lo había descolorido un poco, pero seguía siendo igual que el de la película.

Nueva York, 2019

Alejandro se pidió un segundo café mientras descansaba las piernas. Haber visitado el museo sin él le había hecho sentir muchas cosas, y todas ellas contradictorias. Por una parte, lo había echado profundamente de menos. En toda la visita había pensado en él y había deseado que estuviera a su lado dándole cientos de datos de las diferentes obras y asombrándose con cada una de ellas. Pero por otro también disfrutó de la soledad de haberlo hecho él solo. Se dejó perder por algunos pasillos y se deleitó descubriendo los lienzos que colgaban de muchas de las paredes. Aun así, le gustaba más ir a los museos con David. Ver su cara de emoción al contemplar una obra de arte solo era comparable a la de un niño pequeño frente a un escaparate lleno de juguetes.

Habían visitado muchos museos a lo largo de su vida, y muchos de ellos, como el Prado o el Thyssen, en varias ocasiones, y aun así no se cansaba de ver el rostro iluminado de David frente a una pintura, aunque ya la hubiera visto en anteriores ocasiones. Solo él era capaz de emocionarse mil veces ante algo que ya había visto. Lo mismo le ocurría con las películas y los libros. Daba igual que ya hubiera visto infinidad de veces *Titanic* o hubiera leído incontables veces *El cuaderno de Noah*; siempre se emocionaba y lloraba en las mismas escenas.

Así era David. Sensible y empático. El hombre más especial que jamás había conocido. Su bondad solo rivalizaba con su generosidad. Siempre supo que era alguien diferente. Que su corazón solo podía albergar buenos sentimientos. En ese momento, lejos de él, sufría por los dos. Sufría por ser una de las causas de su dolor. Por estar lejos de él y no encontrar la fuerza suficiente para volver a su lado. Lo intentaba, luchaba contra el sentimiento de culpa, pero este era más fuerte que su amor por David. Desde hacía meses, Alejandro había comprendido que el amor no lo era todo. Y, sobre todo, que no era tan fuerte como pensaba.

Todos dicen que el amor puede con todo. Que es el sentimiento más fuerte del ser humano. Que nada puede vencer al amor, pero se equivocan. Todos están equivocados. El dolor puede ser más fuerte que el amor. Y la culpa. Y la pena. Y la tristeza. Y el tiempo... El tiempo es la fuerza todopoderosa que todo lo puede. El único que tiene el poder de acabar con cualquier sentimiento. Lo borra como las olas del mar desdibujan palabras en la arena. El tiempo es el único capaz de llevarse el dolor y la culpa, pero también tiene la fuerza de llevarse el amor. Pero no se trata de lo que el tiempo borra, se trata de lo que queda.

Alejandro pensó en los últimos meses e intentó desentrañar qué era lo que quedaba en su interior. El dolor seguía latente. Muy latente. Palpitaba con cada latido. También la culpa seguía adherida a su piel. Y la tristeza seguía provocando que llorara cada día. Pero también había amor. Seguía enamorado de David, a pesar de todo. A pesar del paso de los años. Del paso del tiempo. David seguía en su corazón. Cuando pensaba en su sonrisa, podía notar que el corazón se le aceleraba. Seguía queriéndole. Y no tenía ninguna intención de dejar que el tiempo borrara eso. Podía borrar el dolor y la culpa, pero no su amor por David.

Después de visitar el MET y admirar alguna de sus obras más importantes y representativas, se fue caminando hacia su apartamento parándose en cada escaparate. No buscaba nada, tan solo miraba por el placer de hacerlo. Fue en una vieja tienda llena de cachivaches hasta los topes donde un pequeño objeto le llamó la atención, un carrusel de hojalata idéntico al de la película *Quiéreme si te atreves*. A David siempre le había gustado esa película. Siempre decía que era una de las más románticas que había visto en su vida. Y estaba completamente enamorado del carrusel y de todo lo que significaba para los protagonistas; por eso, siempre que veían uno en algún escaparate, entraban a preguntar sin éxito.

Cuando lo descubrió en aquel escaparate no dudó ni un segundo y entró en la tienda con la intención de comprarlo costara lo que costara. Ese carrusel tenía que ser para David. No sabía cuándo se lo daría, pero estaba seguro de que tenía que ser para él.

39

—¿Qué quieres que te diga, cielo? Los hombres también sois complicados. Si tú no lo entiendes, yo menos. Ya sabes lo que pienso de todo esto. Deberías dejar de mandarte correos con él y de pensar en él. ¿Por qué le das tantas vueltas a lo de Eric ahora? —dijo Candela mientras se encendía un cigarrillo.

—¿Me das uno? —preguntó David ante el asombro de su amiga, quien con cara de incredulidad le cedía su cajetilla.

—¿Has vuelto a fumar? —preguntó ella.

Hacía años que su amigo se había encendido el último pitillo.

—La verdad es que no... —contestó dando una enorme calada al cigarro que acababa de encenderse.

Al cabo de unos segundos, comenzó a toser, lo que provocó la risa de Candela.

—Yo tampoco sé por qué le doy tantas vueltas a ese tema... Solo que me doy cuenta de que estuve casado con un hombre al que no conocía como creía. Me quería, o eso decía, y aun así me engañó con otro. Ya sé que en su momento lo dejé pasar, pero es algo que no me quito de la cabeza... También sé que nuestros problemas venían de muy atrás. Simplemente, lo veo todo más claro. Ya no éramos felices. Vivíamos en una rutina. Estábamos acomodados en nuestro matrimonio. Pero no había nada más. La pasión y todas esas cosas que dicen que son importantes para mantener la llama viva, ya no existían entre nosotros. No sé si me entiendes... Realmente no me entiendo ni yo.

Terminó esa última frase acompañada de un pequeño ataque de tos. Apagó el cigarrillo y dio un trago a la copa de vino blanco que el camarero acababa de volver a llenarles.

—¡Ay, David! Me dejas sin palabras. Llevabais muchos años juntos y supongo que es normal que os pasara todo eso... Los divorcios van en aumento año tras año y, de hecho, cada vez hay menos bodas... No somos como nuestros padres y mucho menos como nuestros abuelos. Nos hemos vuelto unos inconformistas ante todo. Nada nos llena y nos cansamos demasiado rápido de cualquier cosa. Nuestros trabajos nos aburren. Nuestras parejas nos aburren. Nuestra ciudad nos aburre... Todo acaba aburriéndonos...

—Supongo que tienes razón... Hace poco leí un artículo en algún sitio que decía exactamente lo que tú acabas de decirme. Nos aburrimos de todo demasiado rápido y necesitamos experiencias nuevas constantemente. Cada vez queremos viajar más. Conocer otros lugares. Otras personas. Decía que de media nos enamoramos unas siete veces a lo largo de nuestra vida. ¿Siete veces? Candela, tengo casi cuarenta y siete años y solo me he enamorado dos veces... ¿Quiere decir eso que hay otros cinco hombres por ahí esperándome? —David se reía mientras se imaginaba a esos hombres esperando en alguna sala a que llegara su turno.

—Esos artículos no son más que palabras escritas por algún frustrado que no ha tenido suerte en el amor y lo vuelca todo sobre el papel. David, es absurdo. ¿Cómo se puede saber la cantidad de veces que una persona se enamora? Hay gente que se enamora muchas veces en la vida y otra que solo lo hace una vez. —Candela hizo una seña al camarero para que volviera a llenarles las copas y, mientras esperaba, se encendió otro cigarrillo.

—Y tú, ¿cuántas veces te has enamorado?

David sabía que esa pregunta podría resultar incómoda a su amiga, pero, aun así, la lanzó de todos modos.

—Pues... supongo que al menos dos veces. Como mínimo. No lo sé. Sé que estoy enamorada de mi marido. Y también estoy casi segura de que me enamoré de Romain.

Pero son amores distintos. A Carlos le quiero con locura y sé que es el hombre de mi vida. Pero Romain me hizo sentir cosas diferentes. No sé explicarlo. Fue como un día de verano en mitad del invierno. Algo pasajero. Efímero. Aunque real e intenso. Pero, así como vino, se fue. Con la misma intensidad con la que lo amé durante esas semanas también lo olvidé. Supongo que es otra clase de amor.

Candela se quedó unos segundos callada, con la mirada perdida y los labios tensos.

Le costaba pensar en Romain y lo que él significaba.

—¿Le echas de menos? ¿Crees que Alejandro sintió eso por ese tal Eric con el que me engañó?

David nunca se había parado a pensar en esa idea hasta ese momento y sintió un nudo en el estómago. ¿Se habría enamorado Alejandro de Eric, aunque solo fuera durante un tiempo?

—No. No le echo de menos. Al menos ya no. Al principio sí. Pensaba mucho en él, pero tan solo la primera semana. Ya te dije que fue algo pasajero. Olvidable. Ahora lo recuerdo y me siento mal por haber engañado a Carlos. No me gusta hablar de él. Fue intenso y pasional. Pero una traición a mi marido de la que no me siento orgullosa. —Candela se había puesto seria. Le dolía haber engañado a Carlos—. Con respecto a Alejandro y a Eric —añadió—, no puedo contestarte. Eso solo lo sabe Alejandro. Pudo haber sido solo una aventura sexual, sin sentimientos de por medio, o algo mucho más serio. Ya sabes a quién tienes que preguntarle, cielo. Si de verdad quieres saberlo, dile que lo sabes y que quieres respuestas.

—La verdad es que creo que no quiero respuestas. No creo que ahora sea el mejor momento para sacarle este tema, o sí. No lo sé. En realidad, podría preguntárselo...

David también se había puesto serio. La conversación se había vuelto más compleja de lo que al principio ambos hubiesen querido.

—Pues yo creo que este es el mejor momento —sentenció Candela.

Se despidieron en la boca de metro de Callao. David decidió ir andando a casa. El vino se le había subido más de lo que esperaba y el paseo le vendría bien para despejar el embotamiento que tenía en la cabeza.

Llegó a casa cuarenta minutos después y se fue directo a la cocina a prepararse una infusión. Metió la taza con agua en el microondas y marcó cuatro minutos. Mientras el agua se calentaba, se cambió de ropa. Diez minutos después ya estaba recostado sobre el sofá, con la humeante taza entre las manos y un remolino de preguntas sin respuesta en la cabeza.

El último correo le había sentado como un puñetazo en

el estómago. El muy cabrón le instaba a que fuese un buen marido. ¿Y él? ¿Acaso lo había sido?

De: David Lavalle
Para: Alejandro Amez
Fecha: 18 de enero de 2029
Asunto: RE: Comforting Sounds, Birdy

Quieres que interprete el papel de buen marido, ¿no? ¿Y qué me dices tú de Eric?

40

Alejandro se quedó sin palabras al leer el nombre de Eric. ¿Cómo lo sabía? ¿Desde cuándo? ¿Qué iba a decirle? Demasiados interrogantes en su cabeza y a ninguno era capaz de darle una respuesta coherente. Se levantó y se fue directo al armario del baño a coger varias pastillas. Empezaba a notar que le faltaba el aire.

Se depositó varias en la mano y se las metió de golpe en la boca, dio un sorbo al agua que corría del grifo del lavabo y se las tragó todas juntas sin tan siquiera saber cuántas se había metido. Se sentó en el suelo, apoyándose sobre la pared, y comenzó a perder la noción de la realidad. La visión se le nubló y, con un golpe seco, dejó que todo su cuerpo se desplomara contra el suelo batiendo la cabeza contra la fría baldosa.

Madrid, 2013

Se habían despedido con la idea de no volver a mantener el contacto, habían borrado los números de teléfono y los correos electrónicos. La decisión la había tomado Alejandro. Al principio todo había sido excitante y disfrutaba con esos encuentros, pero siempre llegaba a casa sintiéndose culpable. Incluso sucio. Lo primero que hacía era ducharse con la idea de que el agua y el jabón borrarían de su piel las huellas del delito.

Solo durante unos días dudó de sus sentimientos. Fue a raíz de una de esas quedadas clandestinas en el hotel. Al principio, todo era como siempre. Llegaban por separado, cada uno en su coche, y se encontraban directamente en la habitación. Habitualmente era Eric el primero en llegar, y le mandaba audios y fotos desde la habitación, aumentando más el deseo para que, nada más llegar, se lanzara sobre su cuerpo desnudo que lo esperaba en la cama o en la ducha. Esa vez fue diferente. No hubo ni fotos ni audios, ni lo esperó desnudo sobre la cama.

Cuando entró en la habitación lo encontró sentado en un sillón. Algo más serio de lo habitual y con las manos agarradas. Estaba nervioso.

—¿Pasa algo? —preguntó Alejandro desde la otra punta de la habitación.

—¿Hacia dónde va esto, Álex? Estás casado y yo estoy empezando a sentirme mal. No quiero ser el otro de nadie. Y ya sé cómo acaban todas estas historias. Tampoco quiero ponerte entre la espada y la pared y pedirte que abandones a tu marido. Sé que le quieres y que esto es tan solo una mera diversión sexual. Pero, aun así, creo que debes saber que estoy empezando a sentir algo más por ti y sé que, si seguimos así, querré algo más que un par de polvos en una habitación de hotel de extrarradio —dijo Eric bajando la vista hacia sus pies.

—Eric, no voy a dejar a mi marido. Le quiero. Habíamos acordado que esto era solo sexo. Pensaba que los dos lo teníamos claro. Tú estás recién divorciado; ¿de verdad te planteas algo conmigo? —Alejandro no sabía muy bien qué decir. En ningún momento se había imaginado dejar a David.

—Álex, no te estoy pidiendo ninguna relación. Y tampoco que dejes a tu marido. En realidad, no sé ni siquiera por qué te estoy diciendo todo esto. Simplemente me siento así. De camino hacía aquí me ha invadido una sensación rara. Disfruto mucho contigo. Me gusta verte y acostarme contigo, pero empiezo a sentir que quiero más. Quiero saber más de ti. Que podamos vernos en más sitios. Poder dar un paseo. Cenar en un restaurante...

—Creo que lo mejor es que me vaya. Ahora mismo no sé qué decirte, Eric. No me esperaba esto. Necesito pensar.

Te escribo, ¿vale? —Alejandro se acercó a él y le dio un beso en los labios.

No volvieron a verse hasta una semana después. Una semana en la que Alejandro reflexionó sobre su matrimonio con David y su aventura con Eric. Estaba enamorado de David, eso lo tenía claro, pero con Eric sentía cosas que ya no sentía con su marido. La emoción de las primeras veces, las ganas efervescentes de verse, el morbo del sexo aún desconocido, los mensajes a escondidas... Lo que tenía que preguntarse era si realmente le valía la pena poner en peligro su matrimonio por una aventura pasajera.

—Creo que lo mejor es que dejemos de vernos. Borremos todo contacto y sigamos cada uno con nuestra vida como si nada de esto hubiera pasado. Me gustas, Eric, eso no lo puedo negar. Pero estoy enamorado de mi marido. Le quiero y no podría vivir sin él —dijo Alejandro mientras Eric cogía el bóxer del suelo y se lo ponía de camino al baño.

Acababan de follar en el hotel de siempre. Y a pesar de que Alejandro había ido con la única intención de hablar, nada más entrar por la puerta Eric se lanzó sobre él y le dijo que, si esa iba a ser la última vez que se vieran, se despedirían a lo grande.

—Lo sé. Y lo comprendo. Eres un buen hombre, a pesar de haber engañado a tu marido al que tanto quieres. Si esto te ha valido para darte cuenta de lo mucho que le necesitas, me alegro. Te deseo lo mejor, Álex —respondió Eric mientras terminaba de abrocharse la camisa. Cogió sus cosas de la mesilla de noche y se fue de la habitación dejando a Alejandro aún desnudo en la cama.

Alejandro volvió en sí notando un fuerte dolor de cabeza. Se levantó mareado y algo desorientado. Se apoyó sobre el lavabo y se refrescó la cara con agua fría. Tenía un fuerte hematoma en la frente, pero, por suerte, no se había abierto ninguna brecha.

Más calmado, se fue a la cocina y se preparó un café bien cargado. Seguía temblando, y una enorme agitación le aturdía la mente. Le dolía la cabeza horrores y le picaban los ojos. ¿Cuánto tiempo llevaba desmayado? Levantó la vista hacia el reloj que colgaba de una de las paredes y vio que las agujas marcaban más de las ocho de la tarde; con un simple cálculo obtuvo su respuesta: más de tres horas tirado sobre el suelo del baño.

«¿Qué estás haciendo con tu vida, Alejandro? ¿Qué vas a decirle a David?».

De: Alejandro Amez
Para: David Lavalle
Fecha: 18 de enero de 2029
Asunto: Terrible Love, Birdy

David, ¿cómo te has enterado?

Eric no significó nada, fue solo una aventura. Nos conocimos por casualidad cuando llevé su divorcio.

Me siento avergonzado y me arrepiento. Fueron solo un par de semanas y, aunque sé que no es excusa, en ese momento los dos estábamos muy distanciados y él...

No sé qué más puedo decirte. Lo siento, ¡lo siento con toda mi alma! Aunque sea tarde.

Ale

41

De: David Lavalle
Para: Alejandro Amez
Fecha: 19 de enero de 2029
Asunto: RE: Terrible Love, Birdy

Es tarde para todo, Alejandro. Es tarde para pedir perdón y también para preguntarte. Pero me da igual. Ya me da igual nuestro pasado y que me hayas engañado. Hace semanas que le doy vueltas y me he dado cuenta de que me casé con un hombre al que no conocía del todo. Pienso en ti y solo veo sombras.

¿Acaso importa cuándo me enteré? ¿Eso te preocupa? Me enteré una tarde en la que te pedí el portátil para descargar unos documentos que necesitaba para el examen de la oposición. Tú estabas a tu móvil y ni siquiera reparaste en que tenías el WhatsApp abierto en tu ordenador. De esa manera, leí en directo cómo le decías que lo vuestro se había terminado.

Al principio quise levantarme y gritarte, pero opté por el silencio. Era consciente de que, en aquella época, estábamos muy distantes. En especial yo, sumergido por completo en los temarios y la mayor parte del tiempo encerrado en la biblioteca.

Pero la curiosidad me pudo y leí todas las conversaciones que mantuvisteis. Ni tan siquiera tuviste la prudencia de borrarlas, ¡¡joder!

Y ahora soy consciente de que, por aquel entonces, yo ya no estaba enamorado de ti. De haberlo estado, te habría dejado. ¡Yo nunca te lo hubiera perdonado! El simple hecho de que lo dejara pasar lo corrobora. Tendríamos que habernos separado hace mucho tiempo.

Y quién sabe, quizá no hubiera existido jamás aquella mañana de febrero...

David no pudo seguir tecleando. Dejando el café a medio terminar, se levantó y salió de la cafetería del museo. Aturdido y a punto de llorar, comenzó a dar vueltas sin rumbo. Deambulaba de una sala a otra sin reparar en las obras que colgaban de las paredes. Al final, sin darse cuenta, estaba delante de *Figura en una ventana*, de Dalí. Se paró en seco delante de él e intentó calmarse. Le había dolido mucho escribir los últimos párrafos del correo y recordar aquella mañana en la que todo su mundo se desmoronó como un alud enterrando todo rastro de vida a su paso. En un segundo, su vida había dado un giro de noventa grados y lo había dejado todo destruido. Desde ese momento nada volvería a ser igual.

Se fijó en la mujer del cuadro y se imaginó a sí mismo asomado a una ventana mirando al mar. Una ventana a la libertad. Una ventana por la que poder escapar y dejar todos los recuerdos al otro lado del cristal. Salir volando. Elevarse sobre las nubes y cerrar los ojos para dejarse llevar por el instinto. Respirar profundamente y notar el salitre en los pulmones. Rozar con la punta de los dedos la superficie del agua y sentir el frío en la piel.

Siguió paseando por la sala y reparó en dos jóvenes que estaban delante de otro cuadro de Dalí. No debían de tener más de veinticinco años. Estaban agarrados por la cintura y jugueteaban con las manos mientras se reían y se miraban de manera cómplice. Estaban enamorados. Pensó en Alejandro y en él. Ellos también eran así. Siempre agarrados. Siempre sonriendo. Siempre felices.

Salió del museo pesaroso, con el ánimo por los suelos y los ojos llorosos. Una vez más, optó por ir caminando a casa. Lo bueno de los inviernos en Madrid era que casi nunca llovía y, aunque el frío calara hasta los huesos, uno podía pasear tranquilamente sin miedo a que en cualquier momento una enorme tormenta descargara con fuerza sobre su cabeza.

Pietro llevaba varios días en Roma por trabajo, y la soledad instalada en su casa le producía sentimientos encontrados. Por una parte, la agradecía, pero, por otra, lo entristecía aún más. Le gustaba entrar por la puerta y verle sentado en el sofá, siempre con un libro al lado y una taza de té sobre la mesa.

Se habían conocido en Roma hacía algo más de cuatro años. David, en aquel momento, ocupaba una plaza en un instituto de la ciudad. Tras reincorporarse de nuevo a su puesto de trabajo, casi dos años después de todo lo ocurrido, una compañera le habló de la posibilidad de pedir un traslado a una ciudad extranjera y David no lo dudó ni un segundo. Ante él tenía la posibilidad de un cambio y algo parecido a una nueva vida.

Lo conoció durante una excursión escolar. El instituto en el que David daba clase había organizado una visita a los Museos Vaticanos con los alumnos de la ESO y el encargado de guiarlos por las diferentes salas era Pietro. Desde ese momento comenzaron a verse con asiduidad. Al principio ninguno de los dos buscaba nada serio, pero poco a poco los sentimientos fueron creciendo y para cuando se dieron cuenta, ya pasaban todo el tiempo que podían juntos.

Con el fin del curso acercándose y el inminente regreso

de David a Madrid, tomaron la decisión de seguir juntos, primero desde la distancia, hasta que Pietro al final se mudó también a España.

Durante los meses previos a su llegada, David tomó la decisión de abandonar el piso que había compartido con Alejandro y buscar otro en el que comenzar su nueva vida. La decisión no había sido fácil, y fueron muchas las semanas en las que se tambaleó. Poco a poco fue embalando todas sus cosas y también las de Alejandro. Vendió todos los muebles, la mayoría de los objetos y decoración, y tan solo se quedó con algunas cosas de las que no podía deshacerse.

Con el piso completamente vacío, había llegado el momento de enfrentarse a su habitación. La había dejado para el final porque sabía que sería la parte más difícil. Pocas veces había entrado desde entonces y todo seguía exactamente igual que aquella mañana de febrero.

Abrió la puerta y un huracán de emociones lo sacudió de lleno empujándolo hacia atrás. El olor de su interior, su cama aún sin hacer, algunos juguetes tirados por el suelo, la persiana medio bajada... Dio unos pasos hacia delante y respiró hondo; aún olía a él.

Contempló las paredes llenas de dibujos y fotos con él; de sus primeros días en casa, en la cuna, en la trona, en el sofá, en la bañera. Fotos con su primera bicicleta, y la última...

Se recostó sobre la cama y se hundió en la almohada hasta quedarse dormido respirando su olor. Se despertó al rato y se fue directo hacia la ventana. La abrió. Llovía y entraba un aire frío. Quitó las sábanas y la colcha de la cama, y las dejó en el pasillo. Recogió los juguetes esparcidos por el suelo y los colocó en la estantería. También cogió el librito que estaba sobre la mesita de noche, el de la *Tortuga tartamuda*, y lo colocó con el resto de los cuentos que le había escrito; *Zorro azul* y *Conejito verde*, *La vaca que no podía mugir*, *El pato y el pez*...

Sonrió para sus adentros recordando los días en los que escribió todas esas historias y en las noches en las que se las leía mientras se dormía escuchando su voz, y Alejandro los observaba desde el quicio de la puerta sonriendo.

Cuando ya tenía todo colocado, cogió varias cajas y, con mucho cuidado, comenzó a vaciar cajones y estanterías. Lo colocaba todo con cautela, con miedo a que algo pudiera resquebrajarse entre sus manos.

Horas después, y ya con todo embalado, cerró la ventana, bajó la persiana y se dirigió hacia la puerta. Cuando estaba a punto de cerrarla, respiró profundamente y decidió dejarla entreabierta.

En algún momento tendría que contarle a Alejandro la verdad. Tenía que decirle que ya había desenterrado la caja y que ir a la finca era absurdo. En algún momento, también tendría que decirle que el piso en el que vivieron era ya el hogar de otra familia, y que todas las cosas de Elio estaban guardadas en el desván de su casa, en Galicia. También tenía que decirle que el intercambio de correos debía llegar a su fin.

42

De: Alejandro Amez
Para: David Lavalle
Fecha: 19 de enero de 2029
Asunto: RE: RE: Terrible Love, Birdy

Siento mucho el daño que te hice. Sé que fui un cabrón por haberte engañado y un completo egoísta por haberme ido sin decirte nada, pero ya no podía más. Las paredes se me caían encima. No sabía adónde ir ni tampoco dónde esconderme. Y sabía que, si te decía que necesitaba irme una temporada a Barcelona, tú me lo impedirías y yo me habría quedado.

Estoy perdido, David. En los recuerdos y en las miles de imágenes que asaltan mi memoria a cada segundo. Una y otra vez revivo aquel domingo y ese maldito coche negro...

No puedo quitarme esos segundos de la cabeza. Me resulta imposible. Da igual dónde me encuentre o lo ocupado que esté, siempre me atacan cuando menos lo espero. Se aferran a mí y no me sueltan. Me engullen y solo puedo dejarme ir...

Alejandro ya no era capaz de seguir escribiendo, por lo que envió el correo sin pensarlo demasiado. Le dolía muchísimo todo lo que David le decía en el anterior.

Cada minuto se sentía al borde de un enorme acantilado a punto de caerse, sin nadie detrás que pudiera salvarlo. Durante meses se había sentido así en su matrimonio. A punto de caer y sin David a su lado para sujetarlo, y, lo peor de todo, y lo que más le dolía, es que estaba convencido de que David también se sintió así y él no estuvo a su lado para sostenerlo. Los dos estaban al borde del mismo precipicio, el uno al lado del otro y, aun así, separados por miles de kilómetros.

Sin duda, eso era lo que más lo atormentaba. El sufrimiento de David y no haber podido hacer nada por ayudarlo. Se sentía culpable por todo el dolor que ambos tenían dentro y más aún por no haber sido capaz de mitigarlo. La única solución que encontró, ya desesperado, fue irse. Poner distancia entre los dos. Apartarse y así encontrar la redención que tanto necesitaba.

El sentimiento de culpa fue lo que lo arrastró a abandonarle y alejarse de él. No podía soportar seguir viviendo bajo el mismo techo y no sentir la vergüenza y la culpa sobre su espalda. Elio había muerto cuando estaba con él y no pudo hacer nada por evitarlo.

Algo que nunca podría perdonarse.

Madrid, 17 de febrero de 2018

—¿Le quitaremos hoy los dos ruedines a la bici, papá? —preguntó Elio sonriendo ante la mañana que se avecinaba.

—Quitaremos primero uno y, si vas bien con él, el otro. ¿Te parece? —contestó Alejandro guiñándole un ojo a su hijo.

Había decidido ir con su hijo al Retiro a montar en bicicleta. David no había querido acompañarlos porque la noche anterior habían discutido y aún seguía enfadado.

—Papá, ¿tú con cuántos años aprendiste a montar en bicicleta sin ruedines? —preguntó preocupado por si ya era demasiado mayor para utilizarlos.

—¡Con siete años! —dijo Alejandro—. Hoy practicaremos mucho y ya verás como volverás a casa sin ninguno en la bicicleta. Aprenderás a andar sin ellos a la misma edad que yo. ¿Qué te parece? ¿Te gusta la idea? —Alejandro sonreía y Elio lo imitaba.

—¡Me encanta! —exclamó montando en su bicicleta, aún con los ruedines a cada lado, deseando cruzar y entrar en el parque.

El semáforo aún no se había puesto en verde cuando Elio se lanzó a la carretera. En ese momento, Alejandro mandaba un mensaje a David para decirle que llegarían para comer y pedirle perdón por la discusión de la noche anterior.

Fue el grito de una mujer lo que le hizo apartar la mirada de la pantalla. Buscó a su hijo y lo único que vio fue un coche negro que se dirigía a toda la velocidad hacia él, ajeno a lo que estaba pasando. Dejó caer el móvil y se lanzó a la carretera, pero fue tarde. No había dado ni dos pasos cuando oyó el fuerte impacto.

Negro. Todo negro en su cabeza. Tardó unos segundos en abrir los ojos y soltó un grito desgarrador, inhumano.

El pequeño estaba tendido en el suelo, bocabajo y con la bicicleta al lado. Los dos ruedines se habían desprendido de la rueda trasera y uno de ellos, a escasos metros del niño, aún giraba.

43

De: David Lavalle
Para: Alejandro Amez
Fecha: 19 de enero de 2029
Asunto: RE: RE: Terrible Love, Birdy

¿Sabes qué, Alejandro? Sí que te habría dejado marchar. Sí que eres un cabrón por haberme engañado, y sí, eres un puto egoísta por haberte ido. Pero me alegro de que lo hicieras y ojalá lo hubieras hecho antes. Mucho antes.

Y ojalá yo lo hubiera hecho cuando tuve que hacerlo. Ese día tendría que haberme levantado del escritorio, haber recogido mis cosas y haberme ido para no volver, como hiciste tú.

Si quieres seguir viviendo en el pasado y en los recuerdos, allá tú, pero no me arrastres a mí también.

David se sentía enfadado consigo mismo y odiaba profundamente a Alejandro. Estaba cansado de él y de seguir intercambiando correos, algo que no le dejaba pensar ni avanzar. Hacía semanas que tenía que haberle entregado a su editor las malditas cien páginas y aún no se había puesto a ello. En la última llamada le puso los puntos sobre las íes y le dijo que, si no las entregaba a primeros de febrero, tendría que romper el contrato editorial.

Decidió esperar a que Alejandro le contestara y, dijera lo que dijera, en su respuesta incluiría que la caja estaba en su poder y que no tenía ninguna intención de ir a la finca ese día. Que ya podría esperar horas y horas, que él no aparecería por allí.

Dieciocho años, en unas semanas haría dieciocho años que Elio había llegado a su vida.

—¡Espanta lo rápido que pasa el tiempo! —dijo en voz en alta al silencio que envolvía todo el piso.

Llevaba horas recostado sobre el sofá, mirando al vacío y removiendo su memoria. Se preguntó cómo sería Elio en ese momento. Aún podía recordar como si fuera ayer la mañana en la que sonó el teléfono y la voz de una mujer le dijo que su hijo y su marido habían sufrido un accidente, y que ambos estaban en el hospital.

Esa mañana, Alejandro le había pedido que fuera con ellos. Pero su terquedad y su orgullo pudieron más, y se negó porque seguía enfadado con él por una absurda discusión que, ni siquiera podía recordar. Por culpa de ese enfado ni le había dado un último beso a su hijo. Desde ese día seguía sintiéndose culpable por haber permitido que un estúpido enfado se hubiera interpuesto entre su hijo y él.

Seguía pensando en esa última vez que los vio saliendo por la puerta. Alejandro pidiéndole con los ojos que los acompañara y David dándose la vuelta sin tan siquiera mirar a su hijo.

44

Barcelona, 2018

Alejandro se levantó de la cama después de llevar más de un día y medio sin salir de ella, y se fue a la cocina a coger una pastilla para dormir. Cuando tuvo el bote en la mano, se le ocurrió tomarlas todas y meterse en la bañera.

Hacía una semana que se había ido de su casa y había abandonado a su marido; la culpa y la pena lo devoraban por dentro. Pensaba en su hijo, fallecido hacía ocho meses, y todo su interior ardía.

Vació todo el bote sobre la mano y se fue directo al cuarto de baño. Dejó las pastillas en una esquina de la bañera y abrió el grifo. Se sentó en el suelo a observar cómo el agua iba subiendo cada vez más y más, y cuando ya estaba casi hasta arriba, lo cerró, se desnudó y se metió dentro con las pastillas en la mano, con la intención de tragárselas todas y desaparecer.

Cuando se las llevó a la boca, se fijó en la pulsera que llevaba alrededor de la muñeca, la que David le había regalado por su treinta cumpleaños, y leyó la inscripción: «Siempre juntos». Fue en ese momento cuando fue consciente de la estupidez que estaba a punto de cometer. Tiró las pastillas al suelo y salió de la bañera. Al final, quitó el tapón y esperó hasta que estuviera vacía del todo. Se vistió y salió a pasear.

De: Alejandro Amez
Para: David Lavalle
Fecha: 21 de enero de 2029
Asunto: RE: RE: RE: Terrible Love, Birdy

Yo de ti sí que estaba enamorado, aunque te cueste creerlo, aunque me haya equivocado tanto.

Cuando me fui y llegué a Barcelona, no soportaba seguir viviendo en un mundo en el que él ya no estaba. Esa idea me acuchillaba las entrañas y pensé en acabar con todo. Y quizá sea la única forma de descansar, de dejar esta cárcel en la que se ha convertido mi nostalgia.

Necesito ir, David. Pero contigo a mi lado.

Ale

Sabía que mencionarle la idea del suicidio era ruin, pero estaba desesperado. Necesitaba ir a esa finca con él, y David seguía negándose. Ya no sabía qué más hacer. ¿Qué importaba quedar de miserable? A ojos de David, ya lo era desde hacía mucho tiempo. Y a los suyos, también.

El suicidio había sido una idea fugaz. El dolor en aquellos momentos era una auténtica tortura, y lo sentía como si miles de cristales le desgarraran la piel. Lo había atrapado por completo. Se había cobijado en cada esquina de su cuerpo. En cada recoveco. Cada centímetro de piel estaba impregnado de tristeza; se había dejado llevar por ella y su mente se había nublado hasta dejarlo ciego. Quería que la oscuridad lo atrapara para siempre...

45

De: David Lavalle

Para: Alejandro Amez

Fecha: 21 de enero de 2029

Asunto: RE: RE: RE: RE: Terrible Love, Birdy

Alejandro, hay algo que debes saber y que debería haberte dicho cuando me mandaste el primer correo...

La caja ya no está en la finca, hace años que la desenterré y me la traje conmigo a Madrid.

No vayas a la finca, allí tan solo hay tierra...

Sin más preámbulos, mandó el correo y dejó caer el móvil sobre el sofá. Ya estaba todo dicho. Alejandro ya sabía la verdad y tendría que lidiar con ella. No estaba orgulloso de lo que hizo, pero tampoco se arrepentía. Varias veces escribió que lo sentía, pero acabó borrándolo porque no era verdad. Hizo lo que en aquel momento le pidió su corazón y ya no había vuelta atrás.

No quiso hacer mención del párrafo en el que le hablaba del suicidio; sabía lo que pretendía con eso y no estaba dispuesto a entrar en su juego enfermizo. Él también, durante mucho tiempo, pensó en quitarse la vida, pero nunca lo utilizó para darle pena. En los cientos y cientos de mensajes que le mandó durante los primeros meses tras su marcha jamás utilizó ese tipo de tácticas que ahora empezaba a emplear él. En ese momento se daba cuenta de lo distintos que eran y seguían siendo.

Tenía la caja delante, sobre la mesa, oxidada y descolorida. En su interior estaban los mejores deseos para su hijo, y él ya nunca podría conocerlos. De todo lo que guardaba esa caja solo conocía lo que él mismo había depositado en ella. No recordaba con exactitud lo que había escrito en la carta, pero sí el objeto que la acompañaba.

Cuando tuvieron la idea, supo de inmediato que sería un libro lo que depositaría, pero no un libro cualquiera, uno especial, único, inolvidable. Un libro que hubiera supuesto un antes y un después en su vida.

En un primer momento, pensó en un ejemplar de *Orgullo y prejuicio*, pero lo descartó enseguida. Era una lectura agradable y de sus favoritas, pero no lo había marcado como otros libros. *Drácula* fue otra opción, al igual que *84.*

Charing Cross Road. También barajó la posibilidad de elegir el ejemplar de *Come, reza, ama* que Alejandro le había regalado, pero también la desechó. Ese libro era importante para él, pero no lo sería para su hijo.

Al final, y tras descartar algunos títulos más, supo que el libro tenía que ser ese que, con Alejandro a su vera, habían leído juntos durante varias tardes en el Retiro. El libro en el que habían leído el nombre que después le pondrían. Ese era el libro que tenía que dejar en la caja.

Recordaba como si hubiera sido ayer la tarde en la que fue a su estudio, días antes de la llegada de Elio a su vida, y cogió el ejemplar de una de las estanterías, metió entre sus páginas la carta que acababa de escribir, lo envolvió con cuidado en papel de seda blanca y lo ató con una cuerda.

Desde entonces, nunca más había comprado otro ejemplar. El día que lo introdujo en la caja, tenía la certeza de que dieciocho años después ese libro volvería a su vida de la mano de su hijo. Suspiró al saber que eso ya nunca ocurriría.

Podía abrir la caja y coger el libro con las manos otra vez, pero no era capaz. Algo le frenaba, una fuerza sobrenatural le impedía estirar la mano y desanclar el cerrojo.

Se recostó sobre el sofá, apoyó la cabeza sobre los mullidos cojines y, sin dejar de mirar la caja, fue quedándose dormido. El cansancio, la tristeza y los recuerdos eran un somnífero demasiado fuerte para cualquier cuerpo agotado por el paso del tiempo.

46

Madrid, 2012

—¡Escucha esto! —exclamó David sujetando el libro mientras comenzaba a leer en voz alta un párrafo de *Llámame por tu nombre*—. «Existe una ley en algún lugar que dice que cuando una persona está totalmente enamorada de otra, es inevitable que la otra lo esté también».

—Vuelve a leerlo un poco más despacio, por favor —le pidió Alejandro.

David volvió a leer el párrafo, esa vez de manera más pausada. Siempre que leía en alto, lo hacía demasiado deprisa y no se le entendía bien.

—¿Qué crees que quiere decir? —preguntó David dejándolo sobre el césped.

—No creo que sea literal. Yo creo que es algo más metafórico, o más bien platónico. —Alejandro hablaba mientras David lo miraba curioso.

—¡Explícate! —le pidió David. Estaba intrigado por lo que él opinaba.

—Yo creo que lo que quiere decir es que, cuando nos enamoramos de alguien, en algún momento fantaseamos tanto con ser correspondidos que nos imaginamos que la otra persona también lo está.

Mientras se lo decía, había cogido el libro para leer el párrafo de nuevo. David estudiaba las palabras que Alejandro acababa de decirle. El sol le daba de frente y le hacía tener los ojos prácticamente cerrados, su pelo castaño brillaba como el trigo y el viento le despeinaba el flequillo haciendo que algunos mechones se le pusieran delante de los ojos.

—Yo creo que lo que quiere decir es algo completamente distinto. Verás, hay un matiz importante en el párrafo, que para mí es clave. Dice que cuando una persona está enamorada de otra, es inevitable que la otra también lo esté, pero en ningún momento dice que esa segunda persona lo esté de la primera.

David intentaba explicarse lo mejor posible, pero por la cara de Alejandro supo que no estaba consiguiéndolo.

—Explícate mejor, amor —le pidió mientras le daba un beso en los labios.

—Quiero decir que, en ningún momento en el párrafo,

se especifica que esas dos personas estén enamoradas recíprocamente. La primera ama a la segunda y la segunda está enamorada, pero no se dice que lo esté de la primera, solo que está enamorada. Por lo tanto, desde mi punto de vista, lo que esta cita quiere decir es que yo puedo estar enamorado de ti y tú también puedes estar enamorado, pero no de mí, sino de otra persona. ¿Lo entiendes ahora? —preguntó David.

—Sí. Pero en nuestro caso sí es recíproco, porque yo estoy locamente enamorado de ti. —Y lo dijo mientras se lanzaba sobre él y comenzaba a besarlo entre risas y caricias.

Estuvieron un largo rato así, tirados en el césped, besándose, acariciándose y mirándose sin decir nada. No hacía falta nada más, o eso creían...

—El protagonista se llama Elio. Me gusta ese nombre, ¿y a ti? —preguntó David.

—¿Elio? Es bonito... ¡Elio! Elio... ¡ELIO! —Alejandro decía una y otra vez el nombre poniendo énfasis en la «e» mientras se reía entre dientes.

—Si algún día tenemos un hijo, ¡le llamaremos Elio! —sentenció David.

De: Alejandro Amez
Para: David Lavalle
Fecha: 21 de enero de 2029
Asunto: Sin asunto

¿La has abierto?

«No vayas a la finca, allí tan solo hay tierra...».

Alejandro daba vueltas a esa frase. No podía imaginarse a David desenterrándola. Era una imagen que no era capaz de visualizar. Todo ese tiempo pidiéndole que fueran juntos a hacerlo y la caja ya no estaba allí.

Se sentía humillado. David había jugado con él. Tendría que habérselo dicho en el primer momento; de esa manera se habrían ahorrado todo el sufrimiento...

«¿Quién es el cabrón ahora?», se preguntó Alejandro.

Durante meses había estado aguantando todos los insultos de David. Aceptó que le llamara miserable, ser despreciable, ruin, hijo de puta, cabrón... y, todo ese tiempo, él había estado comportándose exactamente así, engañándole y mintiéndole. En ese momento era él el que quería gritarle.

Daba vueltas de un lado para otro sin saber qué hacer ni a dónde ir. Cogió el móvil con la intención de enviarle otro correo y decirle todo lo que le estaba pasando por la cabeza en ese momento. Decirle que era un hijo de puta por no habérselo dicho antes. Un miserable por haberla desenterrada antes de tiempo. Un ser despreciable que había roto la promesa que hicieron juntos con su hijo en brazos.

No solo le había fallado a él, también a Elio, y eso era lo que realmente le partía el alma. Los dos eran dueños de la caja, los dos tenían derecho a tenerla, no solo él.

La rabia iba apoderándose cada vez más de él y las lágrimas le empañaban los ojos. Seguía dando vueltas sin saber hacia dónde iba, tropezando con los pocos muebles que había dispersos por el salón.

Al final se fue al baño y cogió el bote de pastillas, se echó dos sobre la mano y se las tragó de golpe; cogió otras dos e hizo lo mismo. A punto estuvo de coger otras dos, pero en ese momento su móvil vibró un par de veces indicando la entrada de un nuevo correo. Dejó caer el bote al suelo derramando todas las pastillas y leyó el mensaje que David acababa de mandarle.

De: David Lavalle

Para: Alejandro Amez

Fecha: 21 de enero de 2029

Asunto: RE: Sin asunto

No, Alejandro. No la he abierto. Varias veces he estado tentado a hacerlo, pero no he sido capaz.

Tienes razón, tenemos que hacerlo juntos...

El cielo, como casi siempre en Madrid, estaba despejado, pero la temperatura no superaba los diez grados. Al cabo de unos minutos David se dio cuenta de que había salido poco abrigado. La casa se le caía encima y había decidido salir. Sin rumbo fijo y dejándose llevar por sus pasos, acabó delante de su antiguo edificio.

Se sentó en un banco y se quedó mirándolo. Había luz

en las ventanas de la habitación que un día fue de Elio. Nuevas vidas habitaban esas paredes que vieron cómo su propia familia era feliz allí.

El cielo comenzó a oscurecerse. La noche caía sobre un Madrid frío y seco, y David, lejos de sentirse mejor, seguía sentado en el mismo banco, mirando el portal por el que tantas veces había entrado y salido con Alejandro y Elio a su lado. Su marido y su hijo. Los dos hombres de su vida. Su familia. Una familia rota. Resquebrajada. Su hijo, la razón de su vida, hacía años que ya no estaba con ellos... Y Alejandro, a cientos de kilómetros de distancia, buscando un perdón que nunca encontraría y huyendo de un dolor que siempre le acompañaría.

Rememoró los años en los que Elio estaba en su vida y en cómo lo cambió todo con su sonrisa y la luz de su mirada. Seguía habiendo momentos tensos entre él y Alejandro, pero Elio lo hacía todo más fácil, lo llenaba todo de risas y momentos felices.

Su llegada supuso un torrente de felicidad plena, pero una felicidad que solo existía cuando los tres estaban juntos. Cuando acostaban a Elio su matrimonio se volvía frío y distante, apenas intercambiaban palabras y las únicas que pronunciaban siempre estaban dedicadas a cualquier cuestión sobre el pequeño.

Sin darse cuenta, su matrimonio se había convertido en uno de esos que siempre necesitan estar con más gente para estar juntos. Esas parejas que no saben ni mirarse cuando están solos, pero se sonríen y dedican miradas cómplices cuando se reúnen con amigos en un restaurante del centro. Se habían convertido en la clase de relación que siempre habían criticado. Durante años, se habían compadecido de ese tipo de personas y en ese momento, mucho después, se estaba dando cuenta de que ellos eran como todos los demás. Una pareja como cualquier otra que, al final, no puede ni mirarse a la cara.

La muerte de su hijo era una cruel metáfora de su propio matrimonio.

Las luces de las farolas se encendieron e iluminaron toda la calle. La noche ya era cerrada y la temperatura había descendido, por lo que decidió volver a casa.

49

De: Alejandro Amez
Para: David Lavalle
Fecha: 21 de enero de 2029
Asunto: RE: RE: Sin asunto

Estas últimas semanas te he pedido que fuéramos juntos porque es algo que necesito hacer y tú, en vez de contarme la verdad y decirme que la tienes, has permitido que me arrastrara, que te suplicara. ¿Quién es el cabrón ahora?

Puede que yo lo haya sido, y un hijo de puta por abandonarte, pero tú también desde el día en el que la desenterraste.

Hicimos una promesa, David, con él en nuestros brazos. Esa caja no solo te pertenece a ti. Mañana mismo cogeré un avión e iré a nuestra casa. Tengo el mismo derecho que tú a tenerla entre las manos.

Mandó el correo cegado por el rencor. No soportaba la idea de que David pudiera abrir la caja sin él. No quería que viera lo que había metido en ella. Nadie lo sabía, esa era la idea. Nadie debía decirle a nadie lo que introducían en la caja. Todo estaba envuelto o metido en cajas más pequeñas.

No le había costado nada decidirlo, desde que se les ocurrió la idea lo supo. Además de una carta, en una cajita, introdujo una cadena de la que colgaba una pequeña lechuza. Una reliquia familiar que en el pasado había pertenecido a su abuela, y que esta le había regalado a su padre, quien se la dio a él cuando comenzó la carrera de Derecho. La pequeña lechuza representaba a la diosa griega Atenea, portadora de la sabiduría. Desde el día que su padre se la cedió, jamás se la había quitado. Hasta ese momento. Soñaba con verla alrededor del cuello de Elio, con dieciocho años, a las puertas de la universidad.

«Jamás sabré a qué se habría dedicado mi hijo», pensó.

50

De: David Lavalle
Para: Alejandro Amez
Fecha: 21 de enero de 2029
Asunto: RE: RE: RE: Sin asunto

Te voy a decir una cosa y espero que te quede muy clara. El día que te fuiste de nuestra casa no solo me abandonaste a mí, sino también a él.

Te largaste para olvidarnos a los dos. Para escapar del dolor y de la culpa. Te escapaste como un puto cobarde y, desde entonces, perdiste todo derecho a decirme nada.

Actuamos según las circunstancias, ¿no? Tras la pérdida de nuestro tu hijo, tú te fuiste. Te escondiste al otro lado del mundo y te olvidaste de que tenías un marido, un hogar, una familia; yo te esperé, pero nunca volviste.

No me cogiste las llamadas ni respondiste a mis mensajes. ¿Qué esperabas que hiciera? ¿Que me quedara sentado en nuestro sofá por si algún día decidías volver a mi lado? No, Alejandro. ¡NO! La vida no es eso. La vida no se detiene ni espera a nadie.

Y si vas a nuestra casa, no encontrarás nada de nuestra vida allí. Hace años que lo vendí todo y me fui de ese piso. ¡Y ni te atrevas a echarme esto en cara! No tienes que preocuparte por las cosas de Elio, están guardadas.

Mira, puede que me veas como un ser despreciable, incluso miserable, pero, a diferencia de ti, yo no me siento así.

Si quieres abro la caja y te mando por correo, a la dirección que me digas, lo que tus padres y tú metisteis en ella. Yo me quedo con mi parte y, así, cada uno tenemos lo que nos pertenece.

Con la caja delante y las manos temblorosas, intentó abrirla, pero no fue capaz. Al igual que las veces anteriores, algo se lo impedía. Sentía como si alguien le sujetara los brazos y no le dejara tirar de la tapa hacia arriba.

Quería terminar con todo de una vez. Odiaba a Alejandro con todo su ser. No soportaba seguir recibiendo más correos de él. En cuanto le mandara su dirección, le haría llegar su parte y se acabaría la historia para siempre. Podría seguir hacia delante y olvidarse de él definitivamente. Borrar Roma y París de su cabeza. Borrarlo todo y solo quedarse con Elio, lo único bueno que salió del matrimonio con ese hombre al que hora no conocía.

El tiempo no solo borra la vida que dejamos atrás, cambia a las personas, las transforma y saca lo peor de ellas.

«Ojalá nunca le hubiera contestado al primer correo», pensó. Se levantó dejando la caja a sus espaldas y se asomó por la ventana. Solo las farolas alumbraban las calles ya desiertas. Abrió y dejó que el frío le inundara los pulmones; dio varias bocanadas de aire y notó cómo le entraba por la garganta y le llegaba hasta lo más hondo del cuerpo enfriándolo todo.

Con cada una sentía cómo su cuerpo se entumecía por el frío, pero eso le hacía sentirse vivo.

51

Alejandro se quedó sin palabras al leer lo que David pretendía que hicieran. Era evidente que el odio lo cegaba. Separar lo que guardaba en su interior era romper todo lo que un día prometieron. Esa caja era mucho más que una promesa. Representaba el futuro que deseaban para su hijo.

Asimilar que en ese momento todas sus pertenencias estaban en cajas le rompía por dentro. Sus juguetes, sus libros, su ropa...

Le costaba mucho imaginarse la que un día fue su casa habitada por otra gente. Otras personas durmiendo en el cuarto que durante tantos años había compartido con David. Otro niño durmiendo en la habitación de Elio, correteando por el pasillo y sentándose en la mesa de la cocina.

Habían sido felices en ese piso. Hubo un tiempo en el que fueron felices juntos y, aunque hora resultara casi imposible creerlo, esa vida también existió.

De: Alejandro Amez
Para: David Lavalle
Fecha: 21 de enero de 2029
Asunto: RE: RE: RE: RE: Sin asunto

David, ¿te das cuenta de lo que estás diciendo? ¿De verdad quieres que nos repartamos la caja? No es tuya ni mía. No nos pertenece a nosotros. Le pertenece a él.

No te escribí para esto. El rencor te ciega, llevas demasiados años odiándome y eso te impide pensar con claridad. No voy a reprocharte nada, solo te pido que me dejes ver sus cosas y quedarme con algunas, creo que es lo justo.

En correos anteriores me decías que la tristeza no es un buen lugar para vivir, y es verdad, pero tampoco el odio.

52

Durante varios días David reflexionó sobre el último correo recibido. Alejandro tenía razón, no podía dejar que el odio por él lo cegara. Separar lo que guardaba la caja sería un gran error. Estarían fallándole a su hijo, y no podían hacerlo.

Elio nunca hubiera querido que sus padres acabaran de la manera en la que lo estaban haciendo. Habían pasado diez años, pero debían dejarlo a un lado. Por él, por los dos.

David comprendió que, así como Alejandro necesitaba desenterrar y abrir la caja con él a su lado, él necesitaba volver a verle, que solo de esa manera podría quitarse de encima todo el rencor que durante tantos años llevaba acumulando en su interior.

Al final, se le ocurrió que lo mejor sería volver a enterrar la caja juntos y meter en el interior su historia de amor.

Se fue a su estudio y, al igual que había hecho muchos años atrás, cogió uno de los cientos de libros que habitaban en sus estanterías y lo dejó sobre su escritorio. Acto seguido, abrió uno de los últimos cajones y sacó de su interior la vieja esclava en la que aún se podía leer *«Attraversiamo»*. La metió entre las páginas del libro y, con cuidado, lo envolvió en papel de seda.

De: David Lavalle
Para: Alejandro Amez
Fecha: 23 de enero de 2029
Asunto: RE: RE: RE: RE: RE: Sin asunto

El próximo 3 de febrero te esperaré en la finca, a la misma hora que hace dieciocho años, para que, juntos, volvamos a enterrarla. Y también nuestro pasado.

53

La idea de volver a enterrar la caja con nuevos objetos en su interior le parecía acertada; de esa manera, los dos podrían dejar atrás parte de su pasado.

Con el carrusel en las manos, Alejandro recordó por última vez París, la torre Eiffel, Roma, *Olympia*, *Apolo y Dafne*, la nieve... Las imágenes iban sucediéndose en su cabeza como si estuviera mirándolas desde un caleidoscopio. Cada una de ellas provocaba una sensación diferente en su interior, pero, aun así, todas estaban empañadas por la nostalgia y el paso del tiempo. Recordaba todos esos momentos, y los veía como esas fotos gastadas en algún álbum olvidado en el último cajón de un mueble desvencijado.

Todos esos recuerdos se quedarían para siempre en ese carrusel de hojalata que un día compró con la intención de regalárselo a David y que pronto acabaría en el interior de la caja.

Tenía la intención de pasar una larga temporada en A Coruña, cerca de su familia, y poner en orden toda su vida. Intentar empezar de nuevo. Sabía que le llevaría tiempo y que su problema de dependencia era muy serio, pero estaba dispuesto a ponerle punto final con la ayuda de profesionales.

Después de tantos años, por fin veía esperanza, un camino por el que construir un futuro.

54

De: Alejandro Amez
Para: David Lavalle
Fecha: 28 de enero de 2029
Asunto: Find Me, Birdy

Nos veremos allí.

55

A Coruña, 3 de febrero de 2011

—¿Puedo saber lo que es? —preguntó David a su madre mientras esta introducía un paquete con forma rectangular en el interior de la caja.

—¡Que sea Elio el que te lo diga dentro de dieciocho años! —respondió mientras colocaba, con cuidado, el obsequio para su nieto.

Cuando su hijo le contó la idea de la caja, le pareció algo maravilloso. En primer lugar, eligió un tintero de porcelana con un tamborilero sentado sobre la tapa, herencia de su marido fallecido. Él siempre le contaba que, cuando era pequeño y llegaba a casa del colegio, ese simpático tamborilero de varios colores era lo primero que veía al entrar por la puerta y que siempre le recordaba a su padre. Por eso, cuando se casaron y se fueron a vivir juntos, se lo llevó con él y lo puso en el mueble delante de la entrada. Ella, por su parte, optó por legarle a su nieto el reloj de su padre con una inscripción en el anverso que rezaba «*tempus fugit*», y una edición ilustrada de *El Principito* que había comprado hacía muchos años en la librería Lello de Oporto.

—Sea lo que sea, ¡seguro que es perfecto! —añadió David mientras observaba cómo su madre iba colocando el paquete en el interior de la caja.

—¿A qué hora llegan Alejandro y sus padres? —preguntó ella.

—Ya deberían estar aquí —dijo David mientras miraba su reloj.

—¿Sabes qué ha metido tu madre? —preguntó Alejandro mientras caminaban por la finca hacia el lugar donde enterrarían la caja. Elio dormía en sus brazos, ajeno a lo que su familia estaba preparando para su decimoctavo cumpleaños.

—No me lo ha querido decir. ¿Y los tuyos?

David observaba emocionado la escena. Su madre, al lado de sus suegros, iba delante. Mientras ellos, con Elio en brazos de su marido y la caja en los suyos, iban detrás. Todos juntos, en ceremonia, recreando un antiguo ritual que habían visto en un documental.

—Tampoco me lo han querido decir. Tendremos que esperar para saberlo —contestó con resignación.

Ya estaban alrededor del agujero cuando Alejandro y David, juntos, depositaron la caja en su interior. Amelia, la madre de Alejandro, la miraba pensando en lo que había dejado en su interior, un pequeño libro con ilustraciones que ella misma había hecho durante su infancia, acompañado de una carta llena de buenos deseos para su nieto. Su marido, muy a su pesar, le regalaba a su nieto su primer manual de leyes con la esperanza de que él también se convirtiera en abogado.

Los cinco miraban la caja con Elio aún dormido en brazos de Gardenia, la madre de David, y, durante unos segundos, se quedaron en silencio pensando en los próximos dieciocho años y en la vida que Elio tendría por delante. Fue David el que rompió el círculo y comenzó a echar tierra encima. Acto seguido, Alejandro hizo lo propio y, dejando a Elio en el regazo de su suegra, ayudó a David a hacer desaparecer la caja.

—Dentro de dieciocho años Elio vendrá aquí y conocerá los deseos que sus padres y abuelos tenían para él —dijo Alejandro mirando a David.

David asintió y, cogiéndolo de la mano, abandonaron la finca. Echó un último vistazo al lugar en el que habían dejado la caja y pudo ver a su hijo de dieciocho años desenterrándola.

Agradecimientos

En primer lugar, tengo que agradecer a mis padres todo el apoyo que me han brindado siempre, y también a mi hermano. Los tres siempre han creído en mí, y esta historia es tan suya como mía.

A mi pareja, Sergi, sencillamente por todo. Al igual que Ale con David, con él aprendí, y sigo aprendiendo, lo que es de verdad el amor. Él fue la primera persona en leer estas páginas, y gracias a su ayuda y a su apoyo, conseguí terminar el primer manuscrito.

A mis primos, Elena y Alberto. Fue en su casa, durante el confinamiento, donde se gestó este libro. Ellos son un pilar fundamental en mi vida, y su apoyo y ayuda son enormes.

A Amalia, mi amiga de alma. Sin ella, Candela no existiría. Gracias por estar siempre. ¡Te quiero mucho!

A Pablo y David, mis queridos agentes de Editabundo, por todo lo que han hecho por mí. Ellos creyeron en esta historia desde el primer manuscrito, y gracias a su inconmensurable ayuda y sus valiosos consejos, se ha convertido en esta novela.

A mi editora, Clara, y a todo el equipo de Ediciones B y Penguin Random House, por haberme dado esta oportunidad y haber creído en esta historia y en mí.

A mi madrina, con quien recorrí por primera vez las calles de París. Te quiero.

A mi ahijada. Que este libro te sirva para ver que los sueños se cumplen. Te quiero y estoy orgulloso de ti.

A mi abuela, que siempre está cerca.

A mi querida Ana, por escucharme, por apoyarme y por abrirme las puertas de su «castillo». Te admiro y te quiero.

A Lidia, por ser una amiga única e inigualable. Creíste en mí desde el primer día. ¡Gracias por todo!

A Natalia y a Sergio, por estar siempre tan cerca de mí, cuidándome y ayudándome a no caer. Nuestra amistad traspasa el espacio y el tiempo. ¡Os adoro!

A Loli, que me levanta siempre que me caigo.

A Máximo Huerta, por su apoyo, su generosidad y por ser una fuente inagotable de inspiración.

A mis queridos suegros, Consuelo y Roberto, por sus palabras amables y su cariño.

Y, por último, y no menos importante, no me olvido nunca de Pedro, Marga, Nieto y Merino, que me enseñaron tanto en mis años de Bachillerato y que hoy son un ejemplo para mí.